祇園七福堂の見習い店主
神様の御用達はじめました

卯月みか Mika Uduki

アルファポリス文庫

https://www.alphapolis.co.jp/

第一章　祇園のえべっさん

「かんぱーい」

「お疲れ様でしたー！」

大阪駅近くの焼き鳥屋で、私──繁昌真璃は、同僚の白井典子と、ビアジョッキをかちんと合わせた。ビールはほどよく泡立っていておいしそうだ。私たちは顔を見合わせると、同時にビアジョッキに口を付けた。

「ぷはー。沁みるなぁ」

「仕事終わりのビールは最高！　……なんて、言えたらよかったんですけど」

白井さんが、ビアジョッキをテーブルに置いて、寂しそうに微笑む。その顔を見て、私もしんみりしてしまう。

「まさか、二年であたしたちのお店が閉店しちゃうとは思いませんでした」

肩を落としている白井さんに、私は「そうだね……」と相槌を打った。

私と白井さんは、服飾雑貨を扱う『Happy Town』という店で、店長と副店長という関係だった。

『Happy Town』の本社は東京にあり、全国に店舗を展開している。私が店長を務めていた店舗は、大阪の郊外に建つ商業施設の中にあった。週末になると車で家族連れが訪れ賑わう施設だったものの、立地の問題なのか、平日はガラガラだった。

オープン当初は順調だった店は、次第に平日の売り上げが落ち込んでいき、売り上げ目標を下回るようになり——先日、ついに閉店。

今日は、店の撤去作業の最終日。仕事が終わった後、私たちは、お疲れ様会と称し、焼き鳥屋でぱーっと飲もうと、繁華街へ繰り出したのだった。

売り上げを取り戻そうと、頑張ったんだけどな……。

売れ筋の商品を揃えたり、頻繁にフェアを開催したり、申し訳ないと思いつつもアルバイトスタッフのシフトを減らして人件費を抑えたり、打てる手は打ってきたつもりだ。けれど、売り上げ目標をかろうじてクリアするのが週末だけという有様では、店を守ることができなかった。

店の存続が叶わなかったことも悔しいし、今日の撤去作業のチェックに来た本社のマネージャーに、「繁昌店長、名前負けだったね」と嫌味を言われたことも悔しかった。

確かに私の名字は「繁昌」だし、店を繁盛させられなかった店長として、名前負けかもしれない。でも、あの言い方はない。

むしゃくしゃした気持ちを紛らわそうと、再びビアジョッキに口を付け、半分ほど一気に飲んだ。

「おやおや、いきますねぇ、繁昌店長」

白井さんは笑っているけれど、空元気なのが伝わってくる。

「あたし、あのお店、好きだったんですけどねぇ……」

「それは、私も同じ」

二人同時に溜め息が漏れた。

「もう終わったことだよ。頭、切り替えていこ！　白井さん、京都の店舗に異動が決まっているんでしょう？　そっちで頑張ればいいんだよ」

暗い雰囲気を破るように明るい声で白井さんを励ます。

「そうですね。そういえば、繁昌店長はどうするんですか？　東京へ戻るんですか？」

「私は……」

白井さんの問いかけに口ごもる。

「お待たせしました。ねぎまとつくね、せせりです！」

元気な男性店員がやってきて、テーブルの上に焼き鳥の皿を置いた。

適度な焼き色が付いた焼き鳥が、良い匂いを放っている。

「その話は、また後で。食べよう！」

「ですね！　モヤモヤした気持ちは、食べて飲んで発散です！」

私と白井さんは焼き鳥に手を伸ばすと、豪快(ごうかい)に齧(かじ)り付いた。


「お客さん、お客さん。大丈夫ですか？」

肩を揺さぶられる感覚があり、目を開けると、制服姿の駅員が、私の顔をのぞき込んでいた。

「あー……」

ぼんやりとした頭のまま、若い駅員を見上げる。

「もう終電も行ってしまいましたよ」

「……終電？」

「はい」

駅員は頷(うなず)くと、私が目を覚まして安心したのか、離れていった。

ここ、どこ……？

ベンチの上で体を起こす。ホームの中に掲げられている駅名が目に入り、私は首を傾げた。

『京都河原町』？　ここ、京都？　なんで？　私、なんで京都にいるの？

そういえば――。

白井さんと焼き鳥屋で愚痴を言い合いながら、閉店までしこたま飲んだ。それから店の前で別れ、千鳥足で阪急電車の大阪梅田駅へ向かった。……その後はどうしたっけ？　記憶がない。

電車に乗ったものの、乗り過ごして、終点の京都まで来てしまった……ってことだよね。

しかも、地下ホーム内のベンチで眠りこけていたなんて！

やばい。さっきの駅員さん、終電、行っちゃったって言ってた……。

私が住んでいるマンションの最寄り駅は高槻市駅。高槻市駅は、大阪梅田駅と京都河原町駅の中間あたり。終電がないということは、帰れない。

若い女が飲みすぎてホームで寝ていたなんて恥ずかしい。一体、何人ぐらいの人が、私の醜態を見ていったのだろう。

「うー……」

頭を抱えて呻いた後、気を取り直して、ベンチの上に倒れていたショルダーバッグを引き寄せた。スマホやハンカチ、化粧ポーチなどが、中から飛び出している。それらをかき集めてバッグの中に収め、ふと気が付いた。

財布が、ない。

さあっと血の気が引いた。ショルダーバッグの中をまさぐってみたが、どう見ても財布だけがない。

「まさか、盗られた?」

その可能性しか考えられない。

しばらくの間、呆然としていたけれど、ハッと我に返り、慌てて手帳を探した。

「よかった。これは盗られてなかった……」

ほっとしながら表紙をめくり、中に挟み込まれている封筒を手に取る。

可愛いクマのキャラクターが描かれた封筒には、「おねえちゃんへ」と書かれている。封筒の中から、ハート型に変形折りされた便箋を取り出し、丁寧に開いた。そこには、子供の字で、

『おみせのおねえちゃん。いっしょに、おかあさんのプレゼントをえらんでくれて、ありがとう。てぶくろ、おかあさんがよろこんでくれました』

と、感謝の言葉が綴られている。

覚えてしまうほどに、何度も読み返した文面だ。

この手紙は、『Happy Town』がオープンして間もない頃、私が接客した小学生の姉妹がくれたサンキューレターだ。「おかあさんのおたんじょうびに、おこづかいでプレゼントをかうことにしたの。なにがいいかなぁ？」と相談され、私が対応をした。三人で頭を悩ませ、「じてんしゃでおかいものに行くおかあさんの手がさむそうだから」と、毛糸の手袋を選んだ。二人は嬉しそうに購入し、「おねえちゃん、ありがとう」と言って帰っていったのだけれど、後日、母親と一緒に再び来店し、この手紙を渡された。可愛いお客様からの感謝の言葉に、私は感激し、それ以来、お守りのように、この手紙を持ち歩くようになった。

最初は、彼女たちに接客をした時のように、お客様一人一人に向き合い、喜んでもらえるような接客をしたいと思っていた。けれど、数字しか見ていないマネージャーからは、売り上げを伸ばすことばかりを要求され、次第に、いかにしてお客様に商品を買わせるかを目的とした接客をするようになっていった。

確かに、売り上げは大切。でも、本当は、心のない接客はしたくなかった。その二つを両立させることは無理だったのかな……。

手紙を畳み直して、封筒にしまう。

感傷に浸っていると、先ほどの駅員が戻ってきた。

「お客さん、改札を閉めますよ」

私がちっとも階段を上がってこないので、もう一度、呼びに来たようだ。

「あ……はい」

とりあえず、駅から出なければならない。

しょんぼりと肩を落としながら改札をくぐり、地下から地上に出ると、そこは百貨店の前だった。商店街の店舗はどこも閉まっている。ここが京都市の中心で、一番の繁華街とはいえ、時刻が深夜零時を回っているのだから、当たり前だ。

私はショルダーバッグからスマホを取り出し、クレジットカード会社に連絡を入れた。とりあえずカードは止めてもらったので一安心だ。

財布が見つかる可能性は低そう……。一応、明日、警察署に行ってみよう。

次は、今夜の宿を考えなくちゃ。

本来なら、終電もなく、財布もない状態では途方に暮れるところだけれど、私には、泊めてもらえそうな場所のあてがあった。

京都には、母方の祖母が住んでいて、ここ四条河原町からも近い、祇園という場所で和雑貨店を営んでいる。

かなり長い間、行っていないけれど、急に「泊めてほしい」って訪ねたら、おばあちゃん、驚くかな……。

けれど、今夜は仕方がない。

私は祇園に向かって歩き出した。

おばあちゃんの娘、つまり私の母親は、大学時代の同級生で東京出身の父親と結婚した。私が六歳の頃までは京都に住んでいて、その後、父親の転職を機に、東京へと引っ越した。だから私は出身は京都とはいえ、ほぼ東京育ちだ。

都内の大学を卒業した後、『Happy Town』を展開する企業に就職。当初は関東地区の店舗で販売職に就いていたけれど、入社二年目にして関西地区の新規店舗の店長に抜擢され、大阪へ異動してきた。

大阪と京都は近いので、おばあちゃんの家には、行こうと思えばいつでも行くことができたものの、小学校以来、御無沙汰しているおばあちゃんの家を訪ねるのは気が引けて、足が向かないままに、二年が過ぎてしまった。

暗い四条通を東に向かって進むと、鴨川が見えてきた。橋を渡った先が、祇園と呼ばれているエリアだ。

歩きながらも、やはり思うのは、自分が潰してしまった店のこと。ああすればよかったのかな、こうすればよかったのかなと、後悔ばかりしてしまう。白井さんに焼き鳥屋で、「繁昌店長はどうするんですか?」と聞かれた後、私は結局、答えなかった。

異動の話はあるけど、会社、辞めようかな……。

あのマネージャーのもとでこれ以上働きたくはないし、店を潰した私は確実に降格だろう。それに、もう、小売業界で販売職としてやっていく自信がない。

ふぅと溜め息をつきながら南座の前を通り過ぎる。南座は歌舞伎などが興行される劇場だ。子供の頃は「まるでお城のようだ」と感じていた建物を横目に見て、四条通沿いの祇園商店街に入ると、店舗はどこも閉まっていて暗かった。

しばらく通りを歩いていくと、商店街の中に、雰囲気のいい京町家が現れた。

「ああ、何も変わっていない」

私は懐かしい気持ちで町家に近づいた。

ここが、おばあちゃんの営む和雑貨店。店名は『七福堂』。

思い出の中の『七福堂』は、開店中は入口の戸が開け放たれていて、誰でも自由に出入りできるようになっていた。お香の香りが漂う店内に並べられた、扇子や、布小物、紙雑貨は華やかで、幼い私の目には、それら全てがキラキラとした宝物に見えていた。おばあちゃんの店は私の憧れで、だからきっと私は、就職先に小売業界を選んだのだと思う。

私は戸に手をかけ、引いてみた。開かない。

深夜なので、鍵がかかっているのは当然だ。

私は『七福堂』の横の路地へ向かうと、人が一人通るだけでいっぱいになる、狭い道に足を踏み入れた。

子供の頃、この路地が、秘密の場所に繋がっているみたいで、ワクワクしたっけ。

路地を入って数メートル先に、おばあちゃんの家の入口があった。今は閉まっている戸のそばに、風情のある建物には不似合いなインターフォンが付いている。

深夜に訪ねてきて、びっくりするかな。……ていうか、久しぶりすぎて、おばあちゃん、私のことがわかるかな。

ドキドキしながらインターフォンを押す。

しばらく待ってみたけれど、誰も出てこなかったので、もう一度、押してみる。すると、ようやく、がらりと戸が開いた。

「こんな夜中に誰だ？」

無愛想に声をかけられた私は、びっくりして固まってしまった。中から現れたのはおばあちゃんではなく、墨色の浴衣を着た若い男性だった。背が高く、すらっとした体型の男性は、少し垂れ目。長すぎず短すぎない黒髪には艶がある。顔のパーツのバランスが整っていて、ハッとするほどの美形だった。

男性は私の顔を見下ろし、僅かに目を見開いた。

「お前……」

「あなた、誰？　おばあちゃんは？」

混乱した頭で反射的に問いかける。けれどすぐに言葉足らずだったと思い、言い直した。

「私はここに住んでいる城山百合子の孫で、繁昌真璃っていうんですけど……失礼ですが、あなたは誰ですか？」

もしかして、おばあちゃん、私が知らないうちに引っ越しちゃったとか？

そんな話は両親から聞いていないのに。

「百合子の孫……」

男性は私の顔を、穴が開くのではないかと思うほど、まじまじと見つめた。

なんでそんなに見るんだろう。私、顔に何か付いてる？

「八束さん、来はった人、誰でした？」

怪訝に思っていると、懐かしい声が聞こえた。男性の後ろから顔を出したのは、紛れもなく祖母の百合子だ。記憶の中のおばあちゃんよりも、少し老けている。

「おばあちゃん！」

久しぶりに会ったおばあちゃんは、私を見て目を丸くした。

「もしかして……真璃ちゃん？」

「うん、そう！　真璃だよ！」

すぐにわかってもらえたことに安心して、声を弾ませる。

「まあ、大きゅうなって。こないな夜中に急に来て、どないしたん？」

「久しぶりなのにごめんなさい。あのね、実は仕事帰りに終電を逃してしまって、帰れなくなったの。できたら今晩泊めてほしいんだけど……」

「お願い」と手を合わせると、おばあちゃんは「あらあら」と言って笑った。

「ええよ。中に入り」

八束と呼ばれた男性は、まだ私の顔を見つめていたけれど、おばあちゃんが私を手招いたので、戸の前から体をどけた。その横をすり抜け、玄関から家の中へと入る。

あ、昔と変わっていない……。

玄関の隣は、小さな庭に面した和室だった。部屋の中には正方形のローテーブルが置かれていて、テレビもある。おばあちゃんはこの部屋を、今も、居間、兼、食事をする部屋として使っているようだ。ガラス戸の向こうには台所が見える。台所の様子も昔の記憶のままだ。

「真璃ちゃん、そこ座っとき」

私はおばあちゃんが指し示した座布団に腰を下ろした。向かい側に八束という男性が座る。

相変わらず、じっと私の顔を見ている。

「……あのぅ、八束さん、でしたっけ？　私の顔に何か付いてます？」

不躾な視線に、若干、気を悪くしながら問いかけると、

「いや、大きくなったもんだな、と思って……」

八束さんは感心したように軽く息を吐いた。

「人の成長は早いな」

「は？」

まるで昔の私を知っているかのような口ぶりに、首を傾げる。

「私、どこかであなたに会ったこと、ありましたっけ？」

「覚えていないのか？」

驚いた顔をした八束さんを見て、考え込む。

八束さんは、私と歳はそう変わらないように見える。もし子供の頃に会っているとするならば、私がおばあちゃんの家に遊びに来た時に会った可能性が高い。ちなみに、いとこは女なので、親戚の子ではない。

近所の子かな？　一緒に遊んだ子とかいたっけ……？

「ごめんなさい。覚えていないです」

「なら、いい」

八束さんは素っ気なく視線を逸らした。それ以上、突っ込んで聞くことのできない雰囲気になってしまったので、口を閉ざす。

もしかして、私が覚えていないから、気を悪くさせちゃった？

八束さんを気にしていたら、おばあちゃんがお茶を持って戻ってきた。

「おあがり」

ローテーブルの上に置かれた湯飲みを手に取り、口を付けると、スモーキーな味がした。京都で日常的に飲まれている京番茶だ。

「ほんで、真璃ちゃんは、一体なんのお仕事をしてるんえ？　こないに帰りが遅くなるなんて、大変なお仕事やなぁ」

おばあちゃんの心配そうな表情を見て、苦笑いを浮かべる。

「服飾雑貨店の店長をしていたの。でも、私のお店、売り上げが落ちて潰れちゃって。今日は、閉店作業の最終日だったんだ」

溜め息交じりに説明をしたら、おばあちゃんは、

「まあ、それは残念やったねぇ」

と、頬に手をあてた。

「真璃ちゃんは頑張ったんやね」

優しい微笑みを向けられ、思わず鼻の奥がツンとした。

「うん。……頑張ったんだよ、私」

涙声になったことに、おばあちゃんは気が付いたのだろう。「真璃ちゃんは偉い」と言うと、私の頭をいい子いい子するように撫でた。その途端、心の中で何かの糸がプツリと切れ、私の目から涙がこぼれた。

「わ、私っ……頑張ったの。頑張ったんだけど………」

漏れてくる嗚咽を堪えながら、おばあちゃんに訴えると、おばあちゃんは「わかってるえ」と言うように、私の肩を抱き寄せ、何度もさすった。

「うわあぁぁん……！」

子供のように泣き声を上げる私を、おばあちゃんはずっと抱きしめてくれた。

どれぐらいの間、泣き続けていたのだろう。

すっかり目が痛くなった頃、おばあちゃんは「お布団敷いてくるさかい、真璃ちゃんは二階で寝たらええよ」と言って、階段を上がっていった。

勧められるがままに二階へ移動し、おばあちゃんが準備をしてくれた部屋に入ると、敷かれていた布団の中に潜り込んだ。疲れていたのか、あっという間に睡魔が襲ってきて――。

窓から差し込む朝の光で目が覚め、体を起こした私は、一瞬、自分がどこにいるのかわからなかった。けれどすぐに、昨夜、終電を逃して、おばあちゃんの家に来たのだということを思い出した。

「なんだか、目がおかしい。……あ、服、着たままだ……」

散々泣いたせいか、まぶたが腫れぼったかった。着替えもせずに寝てしまったので、スカートとカットソーはシワシワになっている。

「おばあちゃんに言って、何か服を借りよう。あと、お風呂にも入らせてもらわなくちゃ」

仕事は今日からしばらくの間、有休を取っている。出勤の必要はないので、おばあちゃんの家でゆっくりできる。

階段を下りると、味噌汁の良い香りが漂っていた。

「あら、真璃ちゃん。おはよう」

台所で朝食を作っていたおばあちゃんが、私の姿に気が付き、にこっと笑みを浮かべる。

「おはよう、おばあちゃん。昨夜は急に来てごめんね」

改めて昨夜のことを謝ると、

「何言うてんの。かまへんよ」

おばあちゃんは、出汁巻き卵を巻いていた菜箸を振った。

「すぐに朝ご飯、用意するし、待っとき」

「うん」

先にお風呂に入りたいような気もしたけれど、せっかくおばあちゃんが朝食を作ってくれているので言い出しにくい。

ま、お風呂は後でもいいか。おばあちゃんに、クレンジングも借りなきゃ。メイクしたまま寝ちゃったなぁ……。

そんなことを考えながら、ローテーブルの前に腰を下ろす。すると、

「百合子、おはよう」

若い男性の声が聞こえてきて、ハッとした。

「おはようございます。八束さん」

「今日もうまそうな匂いだな」

「ふふ、おおきに」

階段を下りてきたのは、八束という名の男性だ。

しまった。そういえば、この人もいたんだっけ……！

見知らぬ男性の前で、寝起きでメイクの崩れた顔を見せるのは恥ずかしい。私は慌てて立

ち上がった。

「おばあちゃんっ！　私、顔、洗いたいんだけど、メイク落としある？」

「奥の洗面所にあるえ。自由に使ったらええよ」

「ありがとう！」

お礼もそこそこに、八束さんに顔を見られないよう、俯き加減に洗面所へと向かった。

蛇口をひねり、水を出す。鏡に目を向けると、マスカラで目の下が黒くなった顔が映っていて、げんなりと肩を落とした。昨夜、大泣きしたせいだ。

これはひどい。ひどすぎる。こんな顔を八束さんに見られたなんて、穴があったら入りたい。

彼氏でも家族でもない男性にスッピンをさらすのは抵抗があるけれど、マスカラが落ちた顔よりもましだろうと、私は洗面所の棚の上に置いてあった基礎化粧品からオイルクレンジングを拝借した。ボトルから三プッシュを手のひらに出し、顔に載せ、くるくると指を動かし、メイクと馴染ませる。

昨夜は八束さんにも、私が思いきり泣いているところ、見られちゃったんだ。——初対面の相手に醜態をさらしてしまった。あーもうっ、恥ずかしい！

洗顔料を、手のひらでモコモコに泡立て、顔を洗う。バシャバシャと水で流すと、羞恥心も一緒に流れたのか、顔と一緒に気持ちもさっぱりとした。

……しょうがない。まあ、いいか。

「真璃ちゃん、朝ご飯できたえ」

おばあちゃんの呼ぶ声が聞こえてきたので、「はーい」と返事をして、居間へ戻る。

ローテーブルの上には、味噌汁と出汁巻き卵、菜っ葉の炊いたん、ちりめん山椒と、白米が、人数分用意されていた。

「わあ、おいしそう……！」

一人暮らしの気楽さで、私は毎朝、シリアルで朝食を済ませていた。こんなにしっかりとした和食を食べるのは久しぶりだ。

おばあちゃんと八束さんは、既にローテーブルの前に座っている。私も急いで座布団に腰を下ろすと、「待たせてごめんなさい」と二人に謝った。

「ほんなら食べよか。いただきます」

「いただきます」

「いただきまーす」

三人で手を合わせ、箸を取る。湯気の上がっている出汁巻き卵を一口大に切って口に入れると、じゅわっと出汁が広がり「熱っ」と声を上げた。ほくほくとした出汁巻き卵を口の中で転がす。

「気ぃ付けて食べや。やけどするえ」

おばあちゃんが心配そうな顔を向けたので、安心させようと笑いかけた。

「大丈夫。おいしいよ。おばあちゃん、ありがとう」

八束さんは綺麗な箸遣い(はしづか)で白米を口に運んでいる。その姿をちらりと盗み見る。

この人、一体、何者なんだろう。なんでおばあちゃんの家にいるのかな。下宿してるとか？　おばあちゃんが空き部屋を貸しているのかも。でも、どこの誰だかは聞いておきたいよね。変な人だったら危ないし……。

私の視線に気が付いたのか、八束さんがこちらを向いた。

「俺が何者なのかという顔をしているな」

「あっ……は、はい」

考えが顔に出ていたのかと、ドキッとする。

「俺は恵比寿(えびす)。人の世では八束と名乗っている。百合子の店の手伝いをしている」

八束さんが自己紹介をしてくれたものの、意味不明だったので、私は眉間(みけん)に皺(しわ)を寄せた。

「恵比寿？　人の世？」

「びっくりするやろ？　八束さんて、『祇園(ぎおん)のえべっさん』なんやって。覚えてる？　真璃ちゃんが小さい頃、うちに遊びに来てくれた時、一緒に祇園さんへお参りに行ったやろ?」

おばあちゃんの言う「祇園さん」とは、八坂神社のことだ。四条通の東端に位置し、朱色の楼門が目を引く、観光客にも人気の有名な神社だ。

小さい頃……そういえば、おばあちゃんと手を繋いで、朱色の門をくぐったような覚えがある。参道にはいくつかのお社が並んでいて、おばあちゃんはその中の一つに立ち寄って、熱心に手を合わせていたっけ。

「なんとなく覚えてる。おばあちゃん、赤いのぼりが立っているお社にお参りしていたよね。あのお社ってなんだったの?」

「祇園さんの末社・北向蛭子社やで。事代主神ていう神様がお祀りされたはるねん。七福神の恵比寿さんは、もとは事代主神やて言われてるんやで。北向蛭子社の事代主神は、『祇園のえべっさん』て呼ばれたはるねん」

おばあちゃんは、ふふっと笑ったが、いまいち話の内容が掴めない。

「その『祇園のえべっさん』と八束さんがどう関係あるの?」

「勘の悪い女だな。百合子が説明しただろう。俺は八坂神社の北向蛭子社の恵比寿なんだよ」

八束さんが、首を傾げている私に、鋭いまなざしを向ける。

「だから、その意味がよくわからないんですってば」

　ムッとして言い返したら、八束さんは偉そうにふんぞり返った。

「言葉通りの意味だ。俺は恵比寿。百合子の店を手伝っている」

「ほんっと、意味がわからない……」

　私と八束さんのやりとりを、おばあちゃんは楽しそうに聞いている。

「実はな、おばあちゃんも歳やし、最近、膝が痛くなってきてしもてな。身動きが取りづらいし、一人でお店をするのもつろうなってきてん。『七福堂』も潮時やろかと思て、店じまいを考えてた時に、八束さんが来てくれはってん。八束さん、うちの店がなくなるのは悲しいて言うてくれはって、力を貸してくれたはるねん」

「えっ！　おばあちゃん、膝を痛めているの？　大丈夫？　それに、お店を閉めるって？」

「整骨院にも通ってるし、日常生活には支障ないで。お店は、八束さんも来てくれはったし、どうしよかなて、悩んでるところやねん」

　おばあちゃんは、驚いている私を安心させるように軽く腕を叩いた。

「八束さんが来てくれたって……要は、この人は、おばあちゃんのお店の従業員ってこと？」

「従業員ゆうわけやないけど……でも、働いてくれたはるねん」

　なるほど。住み込みで働いている、おばあちゃんの店の従業員。きっとそういうことだ。

「とりあえず、わかった。八束さんは、おばあちゃんを助けてくれてるっていうことですね。ありがとうございます」

偉そうな態度は鼻につくけれど、私は八束さんのほうを向いて、一応、お礼を言っておいた。

「まだ理解していないようだが……まあいい」

八束さんは、軽く息を吐くと、味噌汁のお椀に手を伸ばした。無愛想な口調には、ムッとするものの、しぐさは品が良いし、美形でもあるので、つい目を奪われてしまう。

「……なあ、真璃ちゃん」

八束さんを見つめていると、おばあちゃんが、改まった口調で私の名前を呼んだ。

「真璃ちゃんは、雑貨店で働いてたて言うてたね。ほんで、その雑貨店が潰れてしもたって。真璃ちゃん、これからお仕事はどないするん？」

静かに問いかけられ、私は一瞬言葉に詰まった。

これから、か……。

小売業界で販売職をやっていく自信はなくしてしまった。「名前負け」だと言った、マネージャーの嫌味が脳裏に蘇る。

あの会社で、もう働きたくないな……。

「……たぶん、退職する。それで、別の仕事を探そうと思ってる………」

ほんの少し、迷いは残っている。

するとおばあちゃんは、驚くような提案をした。

「ほんなら、真璃ちゃんもうちのお店で働いてくれへん？　――ああ、この言い方はあかんね。真璃ちゃん、うちのお店を継いでくれへん？」

「えっ？　継ぐ？」

「正彦（まさひこ）が、うちと一緒に住みたいて言うてんねん。うちも歳やし、心配してくれてるみたいでな。恵美（えみ）さんも来てくれてええよて言うてくれてはるから、迷ててん」

お母さんの兄である正彦伯父（おじ）さんは、恵美伯母（おば）さんと一緒に横浜（よこはま）に住んでいる。お母さんと伯母（おば）さんは仲が良いので、伯父（おじ）夫婦はよくうちに遊びに来るけれど、おばあちゃんと同居を考えているなんて話は初耳だった。

「おばあちゃん、横浜に行くの？」

「真璃ちゃんが、ええよって言うてくれたら、そうしよかなて思う。この家は借家やけど、おじいさんとの思い出がいっぱい詰まってるし、大家さんにお返しするのも残念で悩んでてん。八束さんも来てくれはったし、この家の管理も兼ねて、お任せするのもええかなて思てたんよ。そやし、真璃ちゃん。八束さんとお店をやりながら、この家を守ってくれへん？」

私が八束さんと、おばあちゃんの家とお店を守る？

思ってもいなかった提案をされ、ぽかんと口を開けた。

「俺は構わない」

八束さんは飄々（ひょうひょう）とした表情を浮かべている。

「ね、真璃ちゃん。お願い」

おばあちゃんが私に向かって両手を合わせ、拝（おが）むようなしぐさをした。

どうしたらいいの……。

迷っていると、私に目を向けた八束さんが、ぐさっと突き刺さるような言葉を投げかけてきた。

「真璃。お前は商売に自信をなくしているんだろう。自信をなくしたまま他の仕事に就（つ）いても、きっとうまくいかない」

「そんな風に言わなくても……！」

反論しようとしたけれど、図星だったので、ぐっと唇を噛（か）む。

「逃げようとするな。ここで逃げたら、お前は後悔するぞ」

八束さんのまっすぐな視線が痛くて、恥ずかしさと悔しさで体が熱くなる。

私がおばあちゃんのお店を継がなかったら、『七福堂』の店主は八束さんになるの？

私に夢を与えてくれたおばあちゃんのお店。大切なこの場所を、こんな失礼な人に渡すなんて嫌だ！

私はおばあちゃんのほうを向くと、きっぱりとした声で言った。

「わかった。私、おばあちゃんのお店を継ぐ」

「おおきに、真璃ちゃん」

私の決心を聞いて、おばあちゃんは満面の笑みを浮かべた。

第二章　神様って本当？

私が店長を務めていた『Happy Town』の店舗が閉店して一ヶ月。有休を全て消化し、私は会社を退職した。その間に、一人暮らしをしていたマンションを引き払い、おばあちゃんの家へと引っ越した。

おばあちゃんが暮らす京町家は明治時代に建てられた建物で、老朽化に伴い改修されたものの、もとは、芸妓さん、舞妓さんの芸を見ながら食事をするお茶屋だったそうだ。そのため、二階には、踊りの舞台だった板間が残っている。

私の部屋は四条通側に面した二階の和室に決まった。隣にもう一つ和室があり、八束さんが使っている。板間を挟んだ庭側にも一部屋あり、そちらはおばあちゃんの寝室になっていた。

一階は、店と居住スペースの二部屋に分かれている。居住スペースは、居間として使っている座敷だ。店と座敷の間には戸があり、開ければ簡単に行き来できるようになっていた。

『七福堂』の面白いところは、地下室と箱階段の存在だ。

地下室は、かつて、火事などから大切なものを守るため、倉の代わりに使用されていたのだとか。今は、漆喰で綺麗に復元してあり、古いアルバムや書籍、骨董品、季節家電や、『七福堂』の包装資材など、雑多なものがしまわれている。店の中から入れるようになっているので、小さな子供たちが、興味津々にのぞいていることもある。

箱階段は、引き出しの付いた、収納を兼ねた階段で、二階の板間へと続いている。お客様が勝手に上らないように、今は天井を封鎖していて、店内の装飾になっている。私たちが日常的に使っている階段は、それとは別に、台所にあった。

箱階段の前のスペースには、古いミシン台をリメイクしたテーブルと、座面に赤い天鵞絨が張られた椅子が置いてある。ここはお客様が休憩するスペースで、テーブルの上には、お茶が入った魔法瓶と、湯飲みが用意されていた。

今は営業中だけれど、店内にお客様はいない。椅子に座ったおばあちゃんが、私に商品カタログを見せながら、仕事の引き継ぎをしてくれていた。

「うちの取引先はいくつかあるけど、一番お世話になってるのは『株式会社京夕堂』さんていうところやねん。小物を中心に扱ってはって、可愛いものがぎょうさんあるんやで。ほんで、『香老舗華風堂』さんいうところが、お香の仕入れ先」

おばあちゃんの言葉に、「ふんふん」と頷きながら耳を傾ける。服飾雑貨店店長時代も、商品カタログを見るのが好きだったので、様々なアイテムが掲載されているカタログには心が躍る。

『七福堂』の商品は、京扇子、お香、かんざしなどの髪飾り、巾着やポーチ、ぬいぐるみなどの布小物、千代紙や便箋などの紙雑貨、京紅や練り香水などの化粧品、等々。どれも和テイストだ。

膝を痛めていて、立ったり座ったりするのがつらいという、おばあちゃんの代わりに、八束さんが、先ほど仕入れ先から届いた商品を、陳列台の上に並べていた。

藍色の着物が似合っている八束さんは、テキパキと動いている。

本当に、おばあちゃんの助っ人として、手伝っているんだなぁ。

「ほんでな、『京夕堂』さんの営業さんは、佐橋さんていう男の人で……」

おばあちゃんが各社の営業について説明をしかけた時、

「ちーっす」

ぞんざいなしぐさで暖簾をくぐり、軽い挨拶と共に、若い男性が店に入ってきた。お客様かと思って、「いらっしゃいませ」と、声をかける。青年は、明るい茶髪にピアス、ストリート系のファッション。二十歳は超えていそうだが、可愛い系のアイドル歌手のような童顔をしている。

作業をしている八束さんと、座っているおばあちゃんを交互に見ると、青年はひらひらと手を振った。

「恵比寿、おひさ〜。百合子ちゃんも、元気にしてた？」

そして、私の顔に目を留め、小首を傾げた。

「そこのお姉さんは誰？」

んん？　百合子ちゃん？　慣れ慣れしいお客さんだなぁ。もしかして、常連さんとか？

どう対応するのがベストなのかと迷っていたら、おばあちゃんが青年に私を紹介した。

「大黒さん、おこしやす。この子は、うちの孫で、真璃ちゃんていうんです」

「繁昌真璃です。こんにちは」

「はんじょう？　いいね、俺、繁盛って言葉、大好き。俺は七福神の一人、大黒天。人の世では七黒って名乗ってるよ。大黒でも、七黒でも、好きに呼んでくれたらいいよ」

大黒さんは、人懐こく、にぱっと笑った。

七福神の一人？　どういう意味？

「大黒、なんの用だ？　冷やかしならお断りだぞ」

八束さんが作業の手を止め、大黒さんのほうを向いた。無愛想な声だ。

大黒さんは八束さんのところまで歩いていくと、肩を組んだ。

「恵比寿が『七福堂』で働いてるって聞いたから、様子を見に来たんだよ。商売繁盛の神、どう、頑張ってる？」

ぽんぽんと肩を叩かれ、八束さんは眉間に皺を寄せた。

「離れろ、うっとうしい」

「親友なのに、つれないなぁ」

「お前と親友になった覚えはない」

「うわ、ひどっ！　俺たち、昔からの仲良しじゃん」

八束さんに押しのけられ、大黒さんはわざとらしく傷ついた顔をした。

この人、八束さんのお友達？　仲が良さそう。

二人のやりとりを見て、おばあちゃんが、ころころと笑っている。

「まあ、本当の用事は、買い物なんだけどね。ねえ、百合子ちゃん、相談があるんだけど。女子高生が好きそうな髪飾りって、あるかなぁ？」

大黒さんに問いかけられて、おばあちゃんは、ぱちりと目を瞬いた。

「女子高生さんが好きそうな髪飾り？　それがどうしはったんです？」

「実はさ、今度、うちのサロンで、常連の女子高生に、浴衣の着付けをしてあげることになったんだけど、今、店にある髪飾りが、大人女子向けのものばかりでさ。若い子に似合いそうなものがないんだ」

「ほな、大黒さんは、女子高生さん向きの髪飾り、探しに来はったんですね」

大黒さんの説明を聞いて、おばあちゃんが確認した。大黒さんが「そうそう」と頷く。

「なんだ、本当に買い物に来たのか」

八束さんが腰に手をあて、拍子抜けした顔をする。

「それやったら、うちより歳の近い真璃ちゃんに選んでもらわはったほうが、ええんとちがうやろか」

三人の様子を眺めていた私は、突然、話を振られて、びっくりした。

「私が接客を？」

「そうえ」

「真璃ちゃん。女子高生が気に入りそうなものを一緒に選んでよ」

お客様と一緒にお望みの商品を探す……そんな接客、いつぶりだろう！

「わかりました。一緒に選びましょう！」

私は笑顔で請け合った。

「ところで、サロンって、大黒さんはなんの仕事をしているんですか？」

「美容師。常連さんに頼まれたら、着物の着付けや、ヘアセットもするよ。今度、着付けをする女子高生は、最近交際を始めた彼氏と一緒に、花火大会を見に行くんだってさ。だから、とびっきり可愛くしてあげたいんだ」

にっこりと笑った大黒さんの想いを感じて、私のやる気がますます上がる。

「それじゃあ、何がいいか一緒に考えましょう。かんざしのコーナーはこちらです」

大黒さんと一緒に、かんざしの置いてある棚に歩み寄る。

「いろいろあるね」

「その女子高生さんの浴衣って、どんな柄なんですか？」

「モダンな柄でさ、水色がベースで、白色の水玉模様が描かれてるんだ。帯は黄色で、とっても可愛いんだ」

現代風のポップな浴衣なのかな？

棚の上には、オーソドックスな玉かんざしや、バチ型のかんざし、櫛などが並べられている。

どれも、ものは悪くないけど、ちょっと大人向けだなぁ。玉かんざしは若い子でもいけるかな……。

私は、玉かんざしを手に取った。スティック部分の素材は木で、黒く色付けされている。頭に付いているプラスチック製の玉は赤い。

「それ、可愛いけど、ちょっと古風すぎない？」

玉かんざしを持って考えている私の手元を見て、大黒さんが感想を述べた。

「確かにそうですね」

伝統的な柄の浴衣(ゆかた)になら、似合いそうだけど……。

「大黒さんは、どんな髪飾りがいいと思いますか？」

私は大黒さんの希望を聞いてみた。大黒さんは考え込んだ後、つまみ細工(ざいく)の梅の花が付いたヘアピンを指差した。

「高校生の女の子の髪を飾るものだし、華やかなのがいいな。そっちにある、花が付いたやつみたいな」

和柄の布で作られた梅の花は、赤色や白色、紫色(むらさきいろ)など、カラーバリエーションも豊富だ。可愛いけれど、華やかというには、少し小さいかな……。それに、梅だと季節外れ。和テイストが強いから、モダンな浴衣(ゆかた)に似合うかなぁ……？

うーん……。

あっ、そうだ！　今ここに、大黒さんの希望にぴったりの商品がないのなら、仕入れたらいいんだ！

「おばあちゃん、髪飾りが載っている商品カタログってない？」

私は、にこにことこちらを見ていたおばあちゃんに問いかけた。

「あるえ。ほなこれ、はい」

おばあちゃんに差し出されたカタログを「ありがとう」と言って受け取り、ぱらぱらとめくる。

「わあ、素敵！」

思わず声を上げた私の隣から、大黒さんがカタログをのぞき込む。

「ホントだ！」

カタログに掲載されていたのは、桜がモチーフになったつまみ細工のかんざしだった。下がりも付き、大ぶりで華やかだ。

「これ、すごく綺麗でいいね！」

大黒さんは気に入った様子だったけれど、よくみると商品説明の欄に「成人式の振り袖や、卒業式の袴などにおすすめ」と書かれている。

浴衣に合わせるには豪華すぎるみたい。

大黒さんにそう言うと、彼は「なぁんだ、そっかぁ」と残念そうな顔をした。

何か他に良いものがないかな。

私はさらにカタログをめくった。すると、造花が付いたカジュアルなコームが目に入った。複数の花やリボンを合わせたものもあり、ブーケのようで可愛らしい。ラナンキュラス、ローズ、ダリア……その中に、ヒマワリの花を見つけ、私は声を上げた。

「これだ！　大黒さん、このヒマワリの髪飾りはどうですか？　夏の花ですし、形が花火に似ているので、花火大会に行くにはぴったりだと思うんです！」

「ヒマワリか……いいかも。帯と同じ黄色だし、あの子の浴衣姿に似合いそう」

勢い込んですすめると、大黒さんは、「うんうん」と頷いた。私は、さらに、

「大黒さんはヒマワリの花言葉って知っていますか？　『あなただけを見つめている』っていう意味があるんですよ」

と、付け足した。大黒さんが「へえ！」と目を丸くする。

「そっかぁ！　いいね！　恋人同士のデートにはぴったりだよ。これに決めた！」

「じゃあ、さっそく、注文しますね。ええと、このカタログの会社は……あっ、『株式会社京夕堂』だ。おばあちゃん、注文って、メールでするの？」

私の接客を眺めていたおばあちゃんに問いかけると、

「電話かファックスやで」

という答えが返ってくる。

今時、ファックス使ってるんだ。でも、おばあちゃん、帳簿も手書きでつけていると言っ

ていたから、パソコン苦手なんだろうな。

「えーと、納期はどれぐらいかかるのかな。電話で聞いちゃったほうが早いか」

おばあちゃんから、営業の佐橋さんの携帯番号を教えてもらうと、さっそく電話をかけた。

数コールの後、「はい、『京夕堂』の佐橋です」と、男性の落ち着いた声が聞こえてきた。

佐橋さんに、ヒマワリのコームを注文する。できるだけ早く納品してほしいと頼むと、明後日には到着するように送ると言ってくれた。ついでとばかりに、他に欲しい商品はないかと問われたので、おばあちゃんと相談して、後でファックスを送ることになった。

佐橋さんとの通話が終わり、

「大黒さん、発注できましたよ。明後日には入ってきます」

と、声をかける。すると、大黒さんは、困った顔で腕を組んだ。

「明後日かぁ。その日は仕事があって、『七福堂』に来られないんだよね。でも、あの子の着付けをするのは、今週の日曜日だし……」

どうしよう……。私がお届けしてもいいけど、引き継ぎがあるし……。少しぐらい抜けても大丈夫かな。

おばあちゃんに聞いてみようと振り返ったら、今まで黙って様子を見ていた八束さんが、

「それなら、俺が届けよう」

と、申し出てくれた。

「八束さん、いいんですか？」

「ああ」

頷いた八束さんに驚きながら「ありがとうございます」とお礼を言う。

八束さんって、感じ悪いと思っていたけど、実はいい人？

思わずまじまじと顔を見つめていると、八束さんは、眉間に皺を寄せた。

「なんだ？」

「なんでもないです」

見直していたのに睨まれて、ぷうと頬を膨らませる。

前言撤回！　感じ悪い！

「ありがとう、恵比寿。真璃ちゃんも、一緒に考えてくれてありがとね」

大黒さんが、私の両手を取った。そのまま上下にぶんぶんと振る。

ああ、そうだ。私、ずっとこういう接客がしたかったんだ。やっぱり、販売の仕事が好きだ。

嬉しそうな大黒さんを見ていると、胸の中があたたかくなり、自分の想いを再確認した。

「じゃあ、よろしくね。まったね〜！」

明るく手を振って大黒さんが『七福堂』を出ていくと、私の気持ちを察したのか、おばあちゃんが微笑(ほほえ)んだ。

「真璃ちゃん、よかったね」

「うん、よかった」

『七福堂』だったら、私の理想とする接客ができる。きっと！

「私、『七福堂』の新しい店長として頑張るよ」

おばあちゃんに、ガッツポーズをしてみせた時、暖簾(のれん)が揺れて、次のお客様が入ってきた。

「お邪魔する」

振り向くと、品の良い麻のジャケットを着て、パナマ帽をかぶった老紳士が立っていた。手にはステッキを持っている。

「百合子殿。お元気じゃったかな？」

老紳士は好々爺(こうこうや)の笑みを浮かべて、おばあちゃんの名前を呼んだ。

「寿老人(じゅろうじん)さん、こんにちは。『お元気か？』なんて、このあいだも来てくれはったところやないですか」

おばあちゃんがにこにこと答える。

このおじいさんも常連さん？

大黒さんもおばあちゃんのことを「百合子ちゃん」と呼んでいたし、おばあちゃんってもしかして、親しげに名前を呼ばれるほど、お客様に人気があるのかな。

「よう、寿老人。また、茶を飲みに来たのか？」

八束さんが老紳士に声をかけた。どうやらこの老紳士は、寿老人さんというらしい。

「恵比寿、そなたこそ、まだ『七福堂』におるのか」

「前にも話しただろう。俺は、足を悪くした百合子を手伝っている」

「確か、そんなことを言っていたな。だが、男神が一人暮らしの婦人の家に同居とはいかがなものか」

寿老人さんは、まるで「若い男女が一つ屋根の下で同居をするなんて」のノリで八束さんに注意をしている。

「なんの心配をしている。俺は神だぞ。人に害をなすわけがない」

八束さんはやれやれといった様子だ。

「百合子殿は神たちのアイドルじゃ。恵比寿が独り占めしていると思うと、腹立たしいのじゃ」

寿老人さんは、どうやら、嫉妬（しっと）しているようだ。

もしかして寿老人さん、おばあちゃんが好きなの？

おばあちゃんの夫、つまり私のおじいちゃんは、私が小学生の時に亡くなっている。おばあちゃんのことを寿老人さんが好きでも、なんら問題はないけれど、孫としては複雑な気分だ。

――ていうか、八束さんと寿老人さん、なんの話をしているんだろう。神とか、神たちのアイドルとか。

私が寿老人さんを見つめていると、寿老人さんがこちらを向いた。背が低く小柄なおじいさんなのに、意外にもまなざしが鋭くて、私は一瞬怯(ひる)んだ。

「ところで、そこにおる娘は何者じゃ?」

ステッキの頭で指される。

なんだか失礼な人だなぁ……。

「繁昌真璃といいます」

心の中ではムッとしたけれど、笑みを浮かべて名乗ると、寿老人さんの顔が、ほんの少し緩んだ。

「ほう、繁盛(はんじょう)とな?」

「私の名字が何か?」

そういえば、先ほど、大黒さんに「はんじょう? いいね。俺、繁盛(はんじょう)って言葉大好き」と言われたばかり。

めずらしい名字なので、気になるのかな？

そう思って問い返したのに、寿老人さんは視線を鋭くした。

「生意気（なまいき）な娘じゃな」

あれっ？　私が文句を言ったと、勘違いされたのかも。

「あ、深い意味があったわけではなく、私の名字がめずらしいから気になるのかと思っただけで……」

弁解しようとしたら、おばあちゃんが先に説明をした。

「この子は、うちの孫なんです。うち、そろそろお店を引退しよかなて思てて、この子に店を譲（ゆず）るつもりなんです」

「引退じゃと？　百合子殿が？」

寿老人さんはショックを受けたのか、オーバーによろよろとよろめいた。

「そんなことは許さぬ。『七福堂』は『神の御用達（ごようたし）』。百合子殿あっての店じゃ」

「だが、百合子は人間だ。信仰がある限り存在し続ける神とは違う。百合子は老（お）いたんだよ。時間は限られている。『神の御用達（ごようたし）』の仕事から離れて、好きに生きる権利がある」

そう言った八束さんに、寿老人さんは、キッとしたまなざしを向けた。そして、視線を私に移すと、

「そなたが『七福堂』を継ぐというのか？　こんな小娘に、『神の御用達』が務まるものか」
と、睨み付けた。

「なっ……！」

本当に失礼なおじいさん！

私にだって、全国展開している服飾雑貨店の、店長を務めていたという実績があるのに！

「なんですか、その言いよう。私のことを何も知らないくせに！　そもそも、さっきから、神とか、御用達とか、わけのわからないことばかり言って！」

嚙み付いたら、寿老人さんの目が三角になった。どうやら、怒らせてしまったらしい。

「その言葉、そっくりそなたに返そう。そなたこそ、儂らのことを何もわかっておらぬ！儂は、そなたを認めぬぞ！」

バチバチと視線を交わす私と寿老人さん。八束さんの溜め息が聞こえ、立ち上がったおばあちゃんが、私たちの間に入った。

「まあまあ、二人共、落ち着いて」

「百合子殿。『神の御用達』を辞めないでおくれ。そなたがいなくなるなど、耐えられぬ。他の神々も、きっと儂と同じ気持ちじゃ」

寿老人さんは、おばあちゃんの手を取り、懇願した。おばあちゃんが困った顔になる。

「そう言うてくれはるのは嬉しいけど、八束さんの言わはるとおり、うちは老(お)いてしもたんです」

「ならば、儂(わし)がそなたを不老長寿(ふろうちょうじゅ)にしてしんぜよう」

おばあちゃんの手をぎゅっと握った寿老人さんに、八束さんが厳しい声をかけた。

「寿老人。神が霊験(れいげん)で安易に人に干渉するのは、許されないことだぞ」

「そなたも、『七福堂』を手伝っているではないか。商売繁盛(はんじょう)の神よ。そなたこそ、霊験(れいげん)で、店を流行(はや)らせているのではないか？」

「俺は、ただ手を貸しているだけだ。霊験(れいげん)は使っていない。神を心の拠(よ)り所(どころ)にするのは良いが、願いを叶えるためには、人は自分の力で努力するべきというのが、俺の持論だからな。神は、ほんの少しきっかけを与えるぐらいでちょうどいい」

八束さんはきっぱりとそう言ったけれど、私にはやはり二人の会話の意味がわからない。霊験(れいげん)ってなんなの？　まるで、神様同士のやりとりみたい。

寿老人さんは、ふんと鼻をならすと、私たちに背中を向けた。

「不愉快じゃ。今日は失礼する」

「お茶を飲んで行かはったらええのに。寿老人さんのお好きなあられもありますよ」

おばあちゃんが慌てた様子で引き留める。寿老人さんは「あられ……」と、一瞬、心惹(こころひ)

かれたようにつぶやいたものの、

「いや、やはり今日は帰らせていただく」

と言って店を出ていってしまった。

八束さんの盛大な溜め息が聞こえ、ムカムカしながら寿老人さんを見送っていた私は、憤慨した声を上げた。

「八束さん、あのおじいさん、何者なんですか！　知り合いですか？　めちゃくちゃ失礼な人じゃないですか！」

「前にも説明しただろう。俺は七福神の恵比寿だと。あのじじいは同じ七福神の一人、寿老人だ」

以前にも八束さんはそんなことを言っていたけれど、この期に及んでも、私をからかうのかと、私はさらに頭にきた。

「嘘ばっかりつかないでくださいよ！　私は、本当のことを聞いているんです！」

「は？　お前、まだ信じていないのか？　俺は恵比寿。あいつは寿老人。そして、さっき店に来た大黒は、大黒天だ。『七福堂』は、神仏が買い物に来る『神の御用達』なんだよ」

「大黒さんが仮に神様だとして、神様が美容師をしているなんて、おかしいじゃないですか」

「あいつは、神の中でも変わり者なんだ。人の世が好きで、人の真似をして仕事をするのが趣味なんだ」

八束さんの声音が荒くなる。

「真璃ちゃん」

二人で睨み合っていると、おばあちゃんが、優しく私の名前を呼んだ。

「もう少し引き継ぎが進んでから言おうと思てたんやけど、八束さんの言わはるとおりやね。『七福堂』にはな、いろんな神様や仏様がお買い物に来てくれはるの。畏れ多いことやけど、神様仏様の間では『神の御用達』て言われてるんよ」

「……おばあちゃんまで、そんなこと……」

八束さんと二人で私をからかっているの？

泣きたい気持ちで唇を噛んだ私を見て、おばあちゃんが慌てたように近づいてきた。

「ああ、真璃ちゃん、そないな顔せんといて。びっくりするやろ、思て、なかなか言い出せへんかってん。大事なことやし、最初に話しておかなあかんかったね」

優しく腕に触れたおばあちゃんの瞳は真剣で、嘘をついているようには見えない。

「……本当、なの……？」

おずおずと問いかけると、おばあちゃんはゆっくりと頷いた。

「わけわかんない……」

「八束さん、少しの間、お店をお任せしてもええ？　真璃ちゃん、ちゃんと説明するし、ちょっと座ろか」

おばあちゃんは八束さんに声をかけた後、私のほうを向いて微笑んだ。

こくんと頷いて、椅子に腰かける。おばあちゃんも座り、お客様用のお茶を魔法瓶から湯飲みに注ぎ入れ、私の前に置いた。興奮気味だった私は、「ありがとう」と言って受け取り、口を付けた。お茶を飲み、落ち着いた私を見て、おばあちゃんが話し始めた。

「ほんなら、真璃ちゃん、『七福堂』の秘密のお話、してあげるわ」

秘密のお話ってなんだろう？

「『七福堂』は、大正時代、おばあちゃんのおばあちゃん――『花代さん』ゆう人の代に創業した雑貨店やねん。当時は、芸妓さんや舞妓さんが、ぎょうさん買い物に来てくれはる人気のお店やったんやで。花代さんは信心深い人でな、毎日、祇園さんにお参りに行ってはった。そんなある日、一人の男の人がお店に来はってん。その人は花代さんに、『贈り物を探している。新しくて、古くて、面白くて、つまらなくて、可愛いけれど、野暮ったい、もらった相手が驚くようなものはないか』って聞かはった」

「何それ……」

矛盾だらけの注文に、私は呆れてしまった。おばあちゃんは、私の反応に、くすくすと笑った。

「おかしなお客さんやろ？」

「それで、花代さんはどうしたの？」

「花代さんは、はきはきした人でな、『そのようなもんはうちでは扱っておりまへん』て断らはった」

「そりゃそうだよね。新しくて、古くて、面白くて、つまらなくて……って、そんなにたくさんの要素を詰め込んだ商品なんてないもの。でも、相手はお客様でしょう？　そんな言い方をして、怒られなかったのかな？」

心配した私に、おばあちゃんは悪戯っぽい表情を浮かべて、話の続きを教えてくれた。

「花代さんはな『うちには、新しいもんも、古いもんも、面白いもんも、可愛いもんも、野暮ったいもんも、驚くようなもんもあります。けど、つまらないもんはありまへん。そやから、お客はんの望むもんは、ご用意できまへん』て、きっぱりと言わはったんや」

「あ……そうか」

その男性が、どういう理由で、どんなものが欲しいのか、一番大切にしたいポイントは何なのか、会話の中から希望を探り、商品をご提案することはできる。けれど、「つまらないものはないか」と言われるのは、店にとって、とても失礼な言葉だ。

「花代さん、毅然とした人だったんだね」

近頃、販売員に対し、横柄な態度で接してくる客もいるけれど、販売員の立場では、言い返せない場合が多い。自分のご先祖様にそんな勇気のある女性がいたのかと思うと、誇らしい気持ちになった。けれど、気になるのはクレームにならなかったのかということだ。

「そのお客様、どういう反応をしたの？」

「どういう反応しはったと思う？」

おばあちゃんは一呼吸置いた後、

「大笑いしはってん。『お前は適当なことを言って、客に商品を売りつけようとはしないんだな』って。ほんで、『毎日、我が社にお参りに来るお前のことを、試してみようと思ってやってきたが、一本取られた。これからは、普通の客として通うよ』って言わはったんや。――そうですよね、八束さん」

そう言って、商品の陳列を整えていた八束さんのほうを向いた。

「えっ！」

私は目を丸くして、八束さんを見た。八束さんは手を止め、ばつが悪そうな顔をしている。

おばあちゃんは、驚いている私が面白いのか、笑いながら続けた。

「訪ねてきたお客さんは、花代さんが毎日お参りに行っていた、八坂神社の北向蛭子社の御祭神様——八束さんやってん。それから、八束さんは、よう『七福堂』に来てくれはるようになってな。『祇園のえべっさん』のご贔屓や、ゆうて『七福堂』が、京都の神様や仏様たちの間で有名になって、いろんなお方が訪ねて来はるようになったんよ」

「で、でも、そんな話、今まで聞いたことなかった……」

子供の頃、私はたまにおばあちゃんの家に遊びに来ていたけれど、『七福堂』が、神仏が買い物に来る店だなんて知らなかったし、もちろん、お母さんからも、伯父さんからも、聞いたことがない。

「『七福堂』が『神様の御用達』やていう話は、お店を継いだ人にだけ伝えられてきた秘密やねん。そやから、真璃ちゃんのお父さんと結婚した敏子は知らへんし、家を出て横浜に行ってしもた正彦も知らへんよ」

お母さんと伯父さんは秘密を知らないと言ったおばあちゃんは、少し寂しそうだ。やはり、自分の子供たちが店を継いでくれなかったことが、悲しいのかもしれない。

「そやから、これは、真璃ちゃんにだけ伝える秘密のお話やねん。『七福堂』は『神様の御用達』。神様たちが望む商品を、ご提供するお店。もちろん、人間のお客さんも大事やで。真璃ちゃん、これからの『七福堂』をよろしゅうね」

おばあちゃんは私の手に、シワシワの手を重ねると、「頑張りや」というように、軽く叩いた。

「ま、せいぜい励めよ。見習い店主」

八束さんが憎たらしいことを言ってきたので、私は彼を睨み付け、頬を膨らませた。

その日の夜、夕食後、私とおばあちゃん、八束さんは、居間のローテーブルで向かい合い、コーヒーを飲んでいた。京都は抹茶や緑茶のイメージが強いけれど、実は、コーヒーもよく飲まれているのだそうだ。一緒に暮らし始めて知ったのは、夕食後にコーヒーを飲みながらお菓子を食べるのが、おばあちゃんの習慣だということ。

今日のお茶菓子は、煎餅やおかきの専門店『小倉山荘』の『あられ十菓撰　カルタ百人一首』というお菓子だ。その名のとおり、海苔巻、京七味、サラダなど、十種類の味がある。籐のカゴに入れられている個包装の煎餅を一つ手に取ると、小袋に和歌の下の句が書かれていた。

「『くものいづこにつきやどるらむ』……」

「『夏の夜はまだ宵ながら明けぬるを』」

向かい側に座っていた八束さんが私の言葉のあとを継ぎ、上の句を諳んじた。小袋を裏返してみると、そのとおりの一首が書かれている。私は小袋をぴりっと破りながら首を傾げた。

「この歌、どういう意味なんだろう」

「夏の夜は短くて、まだ宵だと思っているうちに明けてきた。月も西の山まで行き着くことができず、一体、雲のどのあたりに宿っているのだろうか……というところだな」

八束さんは表情も変えず、さらりと解説をしてくれる。

私は紫(むらさき)いも味の煎餅(せんべい)を口に入れた。一口サイズで食べやすい。しっかりとしたお米の風味にほんのり甘いいもの味が効いている。他の味も食べてみたくなるおいしさだ。

「これ、おいしい！」

「たくさんあるし、いっぱい食べたらええよ」

「うん！」

おばあちゃんにすすめられ、私は他のあられも手に取った。ピンク色の桜の形は、えびさくらという味のようだ。

「これもおいしい！　十個、制覇(せいは)しちゃおう」

次々と煎餅(せんべい)とあられを頬張っている私を、おばあちゃんがにこにこしながら見つめている。

「寿老人さんがお好きやからと思て買(こ)うておいたんやけど、食べていかはらへんかったから、真璃ちゃんが喜んでくれてよかったわ」

おばあちゃんから寿老人さんの名前が出て、私は昼間のおじいさんのことを思い出した。

「そういえば、あのおじいさん……寿老人さんも神様なんだっけ？」

おばあちゃんが「そうえ」と頷き、八束さんが、

「七福神の寿老人。中国で祀られた道教の神で、老子が仙人になった姿だとも、南極星の化身などとも言われているな。──あいつはしょっちゅう『七福堂』に来て、買い物もせずに、百合子と喋るだけ喋って、茶を飲んで帰っていくんだ」

と、教えてくれる。

ふふっと笑うおばあちゃん。

「おばあちゃんの茶飲み友達なんやで」

おばあちゃんと寿老人さんは仲良しみたい。だからわざわざお菓子も用意していたんだ。

じゃあ、あのおじいさん、また来るのかな？

小娘呼ばわりされたので、正直、あまり関わり合いたくはない。

でも、きっと来るんだろうなぁ……。何も買い物をしなくても、お客様には違いないんだし……。

今日の自分の態度はいけなかった。反省し、次は失礼のないように、どう対応すればいいだろうかと考えていると、私の顔をじっと見ていた八束さんが問いかけてきた。

「そういえば、お前、七福神のメンバー、全員言えるか？」

私は「七福神のメンバー？」と首を傾げた後、両手を開いて数を数えた。

「まずは八束さん……じゃなくて、恵比寿、それから大黒天（だいこくてん）、弁財天（べんざいてん）、毘沙門天（びしゃもんてん）、寿老人……ん？　いち、に、さん、し、ご……あと二人？　えーっと……」

あと二人が出てこない。

「お前、信心ないな」

八束さんに、じろりと睨（にら）まれたので、「そんなことを言われても」と睨（にら）み返したら、おばあちゃんが助け船を出してくれた。

「福禄寿（ふくろくじゅ）さんと、布袋尊（ほていそん）さんやで」

「福禄寿と、布袋尊？」

聞いたことのない名前……。どんな神様なんだろう。

「そのうち、店に来るさ」

八束さんが、あられを口に入れながら、軽い調子で言った。

『七福堂』って、本当に神様がお買い物に来る店なんだ。

改めて実感し、不思議な気持ちになった。

今、目の前であられを食べている人も、正真正銘の神様なんだよね。

あれっ？　そういえば、恵比寿ってどういう神様なんだっけ？

確か、七福神の恵比寿は、商売繁盛の神様だったはず。おばあちゃんは、八坂神社の北向蛭子社の御祭神は、事代主神だと言っていた。

事代主神と恵比寿って同じ神様なの？　そもそも、七福神って、福の神の集まりのことだよね。道教の神様とか、神道の神様とか、交ざっていていいの？

考え始めると、混乱してきた。

「ねえ、八束さん。八束さんは事代主神なんですか？　恵比寿なんですか？」

わからないことは、本人に聞くのが手っ取り早い。自分のことを聞かれると思っていなかったのか、八束さんは驚いた顔をした。

「事代主神でもあり、恵比寿でもある」

「どういうことですか？」

「えびす神は、元々、海から流れてきた漂着物や、魚網にかかった石などを祀る習俗から生まれた神だ。それが、伊邪那岐命・伊邪那美命の間に生まれたヒルコや、大国主神の息子である事代主神と結び付けられるようになった。二柱とも、海に関係する神なんだ。八坂神社の北向蛭子社の御祭神——つまり、俺は事代主神だが、例えば、えびす社の総本社・兵庫県の西宮神社の御祭神は、ヒルコを由来とする蛭児大神だぞ」

自分で自分のことを説明するのは気恥ずかしいのか、八束さんが早口で教えてくれる。

「なんだか、すっごく、ややこしいですね」

私が真顔になると、八束さんは頭をかいた。

「まあ……そうかもな」

「あれっ？　ということは、もしかして、恵比寿って八束さん以外にもいるんですか？」

「神社は全国にあるし、数え切れないほどの御祭神（ごさいじん）が祀（まつ）られているからな。とはいえ、大抵の神は、自分が祀（まつ）られている神社から離れないし、人に変化（へんげ）して、人の世をうろうろしている神は変わり者だ」

八束さんは、自分のことを棚に上げたように言った。

じゃあ、八束さんは、恵比寿の中でも変わり者なんだ。『七福堂』は、そんな変わり者の神様たちがお買い物に来る店ってこと？

そう考えると楽しい気分になってきた。新しいあられに手を伸ばし、封を開けている私に、八束さんが怪訝（けげん）なまなざしを向けてくる。

「お前、何を笑ってるんだ？」

「これからどんな神様たちが『七福堂』に来るのかなって思ったら、楽しみになっちゃっただけです」

私は笑顔で答えると、あられを口に放り込んだ。

私が『七福堂』の秘密を知ってから一週間が過ぎた。

おばあちゃんからの引き継ぎは順調に進み、もうほとんどのことを教わっていた。最近は、膝(ひざ)の痛いおばあちゃんが無理をしないように、店番は私と八束さんが行(おこな)い、おばあちゃんには家の中で休んでもらっている。

先ほど、納品があったので、八束さんと一緒にチェックをしていると、明るい声と共に、大黒さんが店に入ってきた。

「やっほー！　真璃ちゃん、恵比寿、いる〜？」

「大黒さん、こんにちは」

納品書と商品を照らし合わせていた私は、段ボール箱の前から立ち上がり、大黒さんを振り返った。

「真璃ちゃん、このあいだはありがとね！」

笑顔で近づいてきた大黒さんが、カーゴパンツのポケットからスマホを取り出し、液晶画面に指を滑らせた。

「神様なのに、スマホ持ってるんですね」

不思議な気持ちで大黒さんの手元を見ていたら、大黒さんは、あははと笑った。

「今時、神だってスマホ持ってるよー」

そういうもの？　神様でも契約できるの？　もしかして、大黒さんがお祀りされているお寺の人が代わりに契約をしているとか？

「真璃ちゃん、見て」

大黒さんが、私のほうへスマホを差し出したので、なんだろうと思いながら受け取る。

「わあ！　可愛い！」

そこに写っていたのは、水色の浴衣を着た少女の後ろ姿だった。蝶結びされた黄色の帯が鮮やかだ。髪は複雑に結い上げられ、ヒマワリの飾りが付けられている。

「これ、もしかしてこのあいだの……」

「そう、真璃ちゃんに選んでもらった髪飾り。この子、すっごく喜んでたよ」

「似合ってますね！　浴衣可愛いなぁ。私も着たいなぁ……」

大黒さんのサロンのお得意様だという女子高生の浴衣姿はオシャレで、うらやましくなった。

「着る？　真璃ちゃんなら、喜んで着付けするよ。髪もやってあげるし」

「もしかして、着付けって、大黒さんがするんですか？」

「女性スタッフがいるから大丈夫。ああ、でも、俺もできるから、ご指名をいただければ、喜んで」

　男性に着付けてもらうのは恥ずかしいと思って聞いてみたら、大黒さんはウィンクをした。

「この子、髪飾りを返しに来てくれた時に話してくれたんだけど、彼がすごく髪型を褒めてくれたんだって。飾りもよく似合ってるって言われたから、ヒマワリの花言葉を教えたんだってさ。そうしたら、彼が照れて真っ赤になっちゃったらしくて。『彼といい雰囲気になれたのは、この髪飾りのおかげです』って、嬉しそうに言ってたよ」

　大黒さんからの報告を聞き、胸の中があたたかくなる。

『Happy Town』で働いていた時、私は、「自分は店の売り上げのために、お客様が必要だと思っていないものまで売りつけているのではないか」と、罪悪感を抱いていた。素敵なお買い物で、お客様に幸せになってもらいたい――それが、私の願いだったはずなのに。

　私が接客をした大黒さんのお買い物の先に、この女の子の幸せが繋がっていたんだ。

　大黒さんにスマホを返した後、私は、自然と頭を下げていた。

「大黒さん、私のほうこそありがとうございます」

「えっ？　なんで真璃ちゃんがお礼を言うの？」

大黒さんはきょとんとした表情を浮かべていたけれど、詳しく説明をするのは照れくさかったので、

「女子高生の子が喜んでくれて、私も嬉しかったから」

と、笑顔を向けた。

「真璃ちゃんって素敵な子だね！」

破顔した大黒さんに、いきなりぎゅーっと抱きしめられ、私は「きゃっ！」と小さく悲鳴を上げた。戸惑っている私の頭を、大黒さんは小さい子供にするように、「いい子いい子」と言いながら撫でている。

「あ、あの……大黒さん？」

「人の子って、やっぱりいいよね～。こういう子がいるから、人の世にいるのはやめられないよ」

相手は神様とはいえ、恋人でもない男性に抱きしめられるのは居心地が悪い。押しのけることもできず困っていると、八束さんが近づいてきて、大黒さんの肩を掴んだ。

「おい、大黒」

そのまま、ばりっと私から引き剥がす。

「痛い痛い！　肩痛いって、恵比寿！」

どれほど強い力で掴んだのか、大黒さんが悲鳴を上げている。大黒さんは八束さんの手を振り払うと、大げさな様子で肩を押さえた。

「もー！　恵比寿、何するんだよ。粉砕骨折したらどうしてくれるのさ～」

「これぐらいでするか」

八束さんが、ふんと鼻をならし、腕を組む。二人の仲の良いやりとりに、思わず「ふふっ……うふふっ」と、笑い声が漏れた。それに気が付いた二人が、同時に私のほうを向き、そっくりなしぐさで首を傾げた。

「何、笑ってるんだ、真璃」

「真璃ちゃん、どうしたの？」

「二人って、とっても仲良しだなって思って」

私が笑顔で答えたら、八束さんは嫌そうな顔をしたけれど、大黒さんは嬉しそうに八束さんの肩に腕を回した。

「そうだよ、恵比寿と大黒天って仲良しなんだ！」

「離れろ、大黒！」

「なんだよー。恵比寿はつれないなぁ」

じゃれあっている二人を微笑ましい気持ちで眺める。

私、『七福堂』で頑張っていこう。

改めて心に誓った。

❖

ひと月ほど、おばあちゃん、八束さんと、三人で暮らした後、ついにおばあちゃんが横浜へ向かう日がやってきた。

着物姿のおばあちゃんは、ハンドバッグを一つだけ提げた身軽な格好をしている。荷物がハンドバッグしかないのは、身の回りのものは既に伯父さんの家に送っているからだ。

「おばあちゃん、道中、気を付けてね」

仕事帰りの人々で混み合う、ＪＲ京都駅の中央口改札の前で、私は心配な気持ちでおばあちゃんに声をかけた。

「新幹線に乗っていくだけなんやから、大丈夫やで。向こうに着いたら、正彦が駅まで迎えに来てくれるて言うてるし」

おばあちゃんが、笑顔で私の手を取る。

「真璃ちゃん、お店のこと、よろしゅうね。何かわからへんことがあったら、いつでも電話してきてくれたらええからね」

「うん、わかった」

『七福堂』の仕事の引き継ぎは、ばっちり終えている。おばあちゃんの言葉に頷(うなず)いてみせたけれど、店に関しては、なんの心配もしていなかった。

ただ一つの不安は、これから八束さんと二人暮らしになるということ。

「ほな、うちはもう行くで。真璃ちゃん、八束さん、体には気を付けて、頑張るんやで」

そう言い残すと、おばあちゃんは手を振り、改札口をくぐっていった。

小さな背中が見えなくなると、私は、ふぅと息を吐いた。

「寂(さび)しくなるなぁ……」

隣に立っていた八束さんが、こちらにちらりと目を向け、素っ気ない言葉をかけた。

「感傷に浸っている暇はないぞ。俺たちには店があるからな」

「わかってますよ」

これから、この無愛想な神様と同居して、うまくやっていけるのかなぁ……。

一抹(いちまつ)の不安を感じながら、私は、大股で歩いていく八束さんの後を、小走りに追いかけた。

第三章　月に跳ねる

コン、と調理台に卵を打ち付け、殻を割る。フライパンの上に落とした卵は、黄身が二つ入った双子だった。

「わあ！　朝からラッキー！　今日はいいことがあるかも」

今日の朝食は、ベーコンの載った目玉焼きに、トースト、コーヒー。今まではおばあちゃんに朝食を作ってもらっていたけれど、八束さんと二人暮らしになってからは、私が担当している。

一人暮らしをしていた時は、面倒くさくて、朝食はシリアルばかりだった。でも、食べてくれる人がいると思うと、料理をするのも悪くない。実家では、よくお母さんのお手伝いをしていたので、料理はそれほど苦手ではない。

特に話し合って決めたわけではないものの、食事は私が作り、掃除は八束さんがすると、自然と役割分担ができていた。

良い具合に半熟に焼けた目玉焼きを皿に載せ、ローテーブルに運んでいると、二階から、浴衣姿の八束さんが下りてきた。襟元と裾がはだけていて、朝っぱらから、妙な色気を放っている。

「八束さん、だらしないですよ。着替えてから下りてきてくださいよ」

「後で着替える」

洗面所へ入っていく八束さんの背中を見送り、やれやれと溜め息をつく。毎日のことなので慣れたとはいえ、こちらは独身の乙女なのだ。多少は気を使ってほしい。

トーストが焼け、コーヒーが入った頃合いで、八束さんが洗面所から戻ってきた。先ほどよりは身だしなみが整っている。二人で向かい合わせにローテーブルに座ると、「いただきます」と手を合わせた。

二人暮らしは今のところ、まあまあうまくいっている。

一緒に暮らしていて困るようなこともないし、お互いに深くは干渉しないので、同居人として問題はない。

朝食を終えると、私たちは店に入った。住居と職場がくっついているので、通勤時間ゼロというのは、非常に助かる。

『七福堂』の開店時間は十一時。それまでに、店内の掃除や品出し、レジの準備をする。黙々と作業をする私たち。そのうちに、十一時になった。私は入口の戸を開けると、暖簾を掛けた。

すぐにはお客様が入って来る様子がなかったので、レジカウンターの中で、ノートパソコンを開いた。おばあちゃんはパソコンに疎かったので、帳簿も手書きだったけれど、それだと手間がかかるので、私は会計ソフトをインストールし、入力をし直していた。

八束さんは手持ち無沙汰なのか、商品の陳列を整えている。

しばらくの間、それぞれに作業を続けていると、暖簾が揺れて、一人の男性が入ってきた。年の頃は三十代半ばといったところだろうか。細身のデニムに白いシャツという爽やかな格好をしている。

「いらっしゃいませ！」

パソコンから顔を上げて挨拶をすると、男性は、私のほうを向いて、にこりと笑った。思わずくらりとするような魅力的な笑みだ。

「最近、『七福堂』の店主が若いお嬢さんに替わったと聞いたが、君がそうかい？」

「はい、そうですが……」

どうして、うちの代替わりを知っているのかな？

どこからその話を聞いたのだろうと思っていたら、私の疑問を察したのか、男性が先に教えてくれた。

「大黒天から聞いたんだ。百合子さんの孫が跡を継いだって」

「大黒さんから？」

……ということは、もしかして？

「私は、大国主神。お初にお目にかかる。大国主と気軽に呼んでくれたらいいよ」

男性――大国主さんは、そう言って、紳士のように礼をした。優雅な振る舞いだ。

「私は城山百合子の孫の、繁昌真璃といいます」

やっぱり、この人、神様だ。でも大国主神ってどこかで聞いたような……？

「久しぶりだな、息子よ！」

大国主さんは、店の奥にいた八束さんに近づき、両手を広げた。こちらに背中を向けていた八束さんが振り向き、眉間に皺を寄せる。

「おや？　再会のハグはないのかい？」

「……親父殿。相変わらず、あんたは暑苦しいな」

にこやかな大国主さんに対し、八束さんはクールだ。

「あっ！　大国主神って、もしかして、事代主神のお父さん？」

確か、以前、八束さんから恵比寿について教えてもらった時、事代主神の父親が大国主神だと聞いたような覚えがある。八束さんの父親にしては若い気がするけれど、神様なので、見た目年齢は関係ないのかもしれない。

「冷たい、冷たいよ、事代主……」

涙目になった大国主さんを、八束さんは「はいはい」と、適当にあしらっている。確かに冷たい。

「で、親父(おやじ)殿。俺に会うために『七福堂』に来たわけじゃないだろう？」

腕を組んだ八束さんに、大国主さんは頷(うなず)いた。もう涙は引っ込んでいる。どうやら、嘘泣きだったようだ。

「私は『七福堂』に、究極のうさぎグッズを買いに来たんだ」

大国主さんの口から出た言葉に、私は目を瞬(しばた)いた。

「究極のうさぎグッズ？」

詳しく話を聞こうと、レジカウンターから出て、大国主さんのそばへと近づく。

「私の趣味は、うさぎがデザインされたグッズを集めることなんだ。でも、最近、何を買っても、物足りなくてね。もっと素敵なものがあるんじゃないかと思って、あちこち探し回っている」

よく見ると、大国主さんが持っているクラッチバッグにはうさぎのピンバッジが付いているし、髪の間からはうさぎの形のピアスが見え隠れしている。

「でも、どこに行っても納得できるものが見つからないんだ。『七福堂』になら、何かあるかもしれないと思って、見に来たんだよ」

「そういうことでしたか」

私は笑みを浮かべた。『七福堂』にも、たくさんのうさぎモチーフの商品がある。

「例えば、どのようなものをお探しですか？」

「なんでもいいんだ。ピンとくるものであれば」

大国主さんの要望は漠然としている。私は手近な場所にあったハンカチを手に取ると自信満々にすすめた。

「こちらのハンカチなどはいかがですか？　うさぎのワンポイント刺繍が入っています。色も紺色でシックですし、男性も購入していかれますよ」

「ハンカチはたくさん持っているんだ」

「それでしたら、お香などはどうでしょう？　うさぎの形の香立もありますし、お香にも『花うさぎ』なんて名前のものがありまして……」

「へえ～。それはどれ？」

「こちらです」

大国主さんが興味を示したので、お香のコーナーへと案内する。スティック状のお香が立てられる穴の開いた、小さな陶器のうさぎを見せたものの、大国主さんは、「ふーん……」とつぶやいて、ただ眺めただけだった。

「他には？」

「御朱印帳も人気です」

神様が御朱印を集めるのだろうかと思いながらも紹介すると大国主さんは面白そうに笑った。

「人の子は、御朱印を集めるのが好きだよね」

「御朱印集め、流行っているみたいです」

『七福堂』の御朱印帳は、うさぎの他に、インコや猫など、動物の柄が入っているものが多く、女性に人気だ。お揃いの御朱印帳入れとセットで購入していくお客様も多い。

「他には？」

御朱印帳にも手を触れず、大国主さんがさらに問いかけてくる。

「ええと、あとは……」

店内にあるうさぎグッズを順番におすすめしていったものの、何を見ても、大国主さんの反応は薄かった。

「――以上です」

　全てのうさぎグッズを紹介した後、私は、不安な気持ちで大国主さんの顔を見た。大国主さんの表情は曇っている。

　しばらくの間、黙っていた大国主さんは、

「普通のものしかないね。つまらない。残念だ」

と、ぽつりとつぶやいた。

　ハンカチも、香立も、御朱印帳も、どれも素敵な商品だという自信があるのに、大国主さんの心には響かなかったのかと、悲しい気持ちになりかけた時、「あっ！」と気が付いた。

　私、一方的におすすめするばかりで、大国主さんの話を、何も聞いていなかった。コミュニケーションができていなかったんだ。

「大国主さん、もしよかったら、どうしてうさぎグッズを集めるようになったのか、教えていただけませんか？」

　私は大国主さんに向き直ると、改めて尋ねた。大国主さんが「おや？」という顔になる。

「私がうさぎグッズを集めるようになったきっかけは、神使を亡くしたことだ」

「神使？」

　聞き慣れない言葉だったので首を傾げると、私たちの様子を見ていた八束さんが、

「神に仕える動物のことだ」

と教えてくれた。

「私――大国主神はうさぎと縁があってね。まあ、海蛇とかネズミとか、私が関わる動物は他にもいるけれど、やっぱりうさぎが可愛いだろう？　それで、私は、使いとして、今までに、うさぎを何羽も従えてきたんだ。けれど、皆、寿命で死んでしまってね」

「神様のお使いでも、亡くなってしまうんですか？」

私の疑問に、大国主さんが頷く。

「神は信仰がある限り永遠だが、神使はそうはいかなくてね。ああ、普通の動物よりも寿命は長いよ。でも、永遠とはいかない。寿命で亡くすたびにつらくて、私は、神使を従えることをやめた。それからだね。グッズを集め始めるようになったのは」

そう締めくくった大国主さんは、寂しそうに微笑んだ。

「なるほど……そういう理由だったんですね」

私の胸の中に、むくむくと使命感が芽生えた。

大国主さんのために、なんとしてでも、究極のうさぎグッズを見つけてあげたい。

大国主さんが喜ぶグッズってどんなものだろう。そういえば、ペットを飼っている人って「うちの子アイテム」みたいなもの、好きだよね。

犬好きの人なら、飼っている犬と同じ犬種のグッズが好きだろうし、猫好きの人も、飼っている猫と同じ模様の猫のグッズが好きなんじゃないかな。

「大国主さん！　神使のうさぎさんたちの写真って、持っていたりしませんか？」

私は、勢い込んで大国主さんに尋ねた。大国主さんが、

「スマホにいくつか入っているけれど……」

と言いながら、バッグからスマホを取り出し、液晶画面に指を滑らせる。表示された写真を差し出され、私は目を輝かせた。

「わあ、可愛い！」

写っていたのは、白い体に赤い目をした小さなうさぎだった。耳は短めで、顔は台形。頬がふっくらとしていて、愛らしい。

「ネザーランドドワーフっていう種類のうさぎなんだ。大人になっても小柄なんだ」

私が弾んだ声を上げたのが嬉しかったのか、大国主さんが微笑みながら教えてくれる。

「あとは、こんな子もいたよ」

シュッと指を滑らせると、画面が切り替わり、先ほどよりは大きな体をしたうさぎの写真が現れた。やはり、白い体に赤い目だ。

「こっちの子は、ミニウサギ」

「ミニ？　さっきの子よりも大きく見えますけど……」

「ミニウサギは品種名じゃないんだ。雑種のうさぎで、大きなうさぎよりも小さいという意味で、ミニっていうだけ。育つまで、大きさも性格もわからないから面白いんだ」

大国主さんのまなざしは優しくて、本当にうさぎが好きなのだと伝わってくる。

私は大国主さんの目をまっすぐに見つめた。

「大国主さん。私、『神様の御用達』の名にかけて、大国主さんに気に入っていただけるうさぎグッズを、必ずご用意してみせます。なので、一週間後、もう一度、来店してくださいませんか？」

「本当に？」

「はい。お任せください！」

自信満々に答えると、大国主さんは、にこっと笑った。

「じゃあ、来週、また来るよ」

大国主さんを店の前で見送った後、店内へ戻ると、八束さんが呆れた表情を浮かべていた。

「本当に探せると思っているのか？　安易に『神の御用達』の名をかけやがって……」

できないだろうとでも言うような口調にムッとする。

「探してみせますよ。大国主さん、うさぎが大好きみたいだから、力になってあげたい」

私はレジカウンターの下から、商品カタログを取り出した。まずは、仕入れ先に良い商品がないか調べてみることにする。

ぱらぱらとカタログをめくり始めた時、再び入口の暖簾が揺れた。気が付いた私は顔を上げ、

「いらっしゃいま……」

挨拶をしようとして、途中で口ごもった。そこにいたのは、寿老人さんだった。今日も品の良いジャケットに帽子姿だ。じろりと顔を見上げられ、私は努めて微笑みを浮かべると、落ち着いた声で、言い直した。

「……いらっしゃいませ」

「小娘。本当に『七福堂』を継いだのじゃな」

忌々しそうに舌打ちをされ、私の口元が引きつる。

「寿老人、百合子はもういないぞ。何をしに来た？」

八束さんが腰に片手をあてながら、怪訝そうに尋ねる。

「近くに来たので、寄ったまでじゃ。茶を所望する」

勝手に椅子に座り、お茶を要求してきた寿老人さんに呆れる。

そういえば、おばあちゃんが、寿老人さんはおばあちゃんの茶飲み友達だって言っていたっけ。

カウンターを出て、寿老人さんのそばへ行き、魔法瓶から湯飲みにお茶を注ぐ。「どうぞ」と勧めると、寿老人さんは無言で湯飲みを取り上げ、ずずっと啜った。

寿老人さんがのんびりとお茶を飲み始めたので、テーブルから離れようとしたら、

「まて、小娘」

と、呼び止められた。

「今日の菓子はなんじゃ？」

「お菓子？」

「百合子殿はいつも何かしら用意をしてくれていたぞ」

むすっとした様子の寿老人さんは、とことん図々しい。私は店から居住スペースに上がり、台所へ向かった。今晩のおやつに用意してあったサブレの箱を開ける。京銘菓八ッ橋で有名な『井筒八ッ橋本舗』の『京都鴨川　鴨サブレ』だ。

籐のカゴに入れて、店へと戻り、テーブルの上に置く。寿老人さんがさっそく一枚手に取り、個包装の袋を開けた。中から出てきたのは、鴨川の鴨を模したという、鳥の形のサブレ。寿老人さんは鴨の頭からかぶりつくと、舌鼓を打った。

「『井筒八ッ橋本舗』といえば、堅焼きの八ッ橋か生八ッ橋が有名じゃが、たまにはサブレも良いのう。バターがしっかりと効いていて、サクサクした歯触りが最高じゃ」

「それはよかったです」

ご満足いただけたみたい。

もしかして、寿老人さん、ここで食べるお菓子を楽しみにしているのかな？

じっと顔を見ていたら、寿老人さんは、ゴホンと咳払いをして、誤魔化すように話題を変えた。

「先ほど、外で大国主殿とすれ違った。あのお方も、ここに来ていたのか？」

「ああ。究極のうさぎグッズが欲しいとかなんとか、わけのわからんことを言っていたな」

八束さんが、肩をすくめながら答える。

「うさぎグッズとな？　あのお方は、うさぎと縁の深いお方だからじゃろうか」

「うさぎと縁が深いって？」

そういえば、大国主さんもそのようなことを言っていたっけ。

小首を傾げている私を見て、寿老人さんは呆れた表情を浮かべた。

「大国主神と因幡の白うさぎの神話を知らんかね？　ある日、大国主神は、海岸で、毛皮を剥がされたうさぎを見つけたのじゃよ。うさぎはサメを騙して海を渡ってきたのじゃが、あと一歩というところで騙したことを口にしてしまい、皮を剥がされてしまった。うさぎは最初、先に通りかかった大国主神の兄弟たちに助けを求めたのじゃが、『海水を浴びて風にあたると良くなる』と嘘を教えられた。もちろん、そんなことをしたら、余計に痛くなるだけじゃな。泣いていたうさぎに、大国主神は、『真水で体を洗って、蒲の花の上に寝転びなさい』と教えたんじゃ。そのとおりにしたら、うさぎの体は良くなったという」

「そんなお話があったんですね。へえ～」

「これだから、無知な小娘は。こんな風で、本当に『神の御用達』が務まるのか？」

感心した私に、すぐさま寿老人さんの嫌みが飛んでくる。私は言い返したくなる気持ちをぐっと堪え、笑顔で頭を下げた。

「ご教示ありがとうございます。頑張ります」

「そ、そうか。良い心がけじゃ」

私の素直な態度に面食らったのか、寿老人さんは視線をふいと逸らした。

「それでは、失礼する」

鴨サブレを食べ終え、ぐいっとお茶を飲み干し、寿老人さんが立ち上がったので、私はびっくりした。

「えっ？　もうお帰りになるんですか？　今、来られたばかりなのに？」

「次も菓子を用意しておくのじゃぞ」

ぴしりと私の顔を指差し、ステッキの音を響かせて『七福堂』を出ていく。寿老人さんの

姿が、暖簾の向こうに消えると、私は思わず、

「『次も』って、あの人、また来るつもりなんだ……」

と、つぶやきを漏らした。八束さんがひらりと手を振る。

「気まぐれなじじいなんだ。気にするな」

「そうなんですか？　まあ、いいか」

私は気を取り直すと、寿老人さんが使った湯飲みを台所へ持っていった。後で洗うことにして、レジカウンターの中へと戻る。

「うさぎ、うさぎ……」と言いながら、再びカタログをめくる。和柄にうさぎは似合うのか、思っていたよりもうさぎがデザインされた商品は多い。白い体に赤い目のうさぎグッズを重点的に探し、カタログに付箋を貼っていく。

大国主さん、なんでもいいなんておっしゃっていたけど、好きなものとか趣味とかないのかな。うさぎの柄だけじゃなくて、そういったものに絡めた商品をご用意できるといいんだけど……。

カタログをめくる手を一旦止めて、顔を上げる。

「八束さん。大国主さんの好きなものって知りませんか？」

「好きなもの？　だから、うさぎだろ」

店内の商品を整え直していた八束さんが振り向き、素っ気ない返事をする。

「うさぎ以外に、ってことですよ。趣味とか、食べ物とか」

「ああ、そういうことか。奴には酒好きの友人がいてな。名酒を取り寄せては、友人のところへ持っていって、二人で飲んでいるようだ」

「そうなんですね。お酒かぁ。それなら、酒器（しゅき）はどうだろう。うさぎの柄が入っているぐい呑みとか……」

「いいんじゃないか？」

八束さんも同意してくれたので、方向性を酒器（しゅき）に定め、私はカタログをめくっていった。

そして、一週間後。私は、そわそわしながら、大国主さんの来店を待っていた。

「大国主さん、来てくださるでしょうか……」

「さあな。真璃、手が止まっているぞ」

先ほど宅配で届いた商品を、段ボール箱からレジカウンターの上に出している八束さんに注意をされる。ラベラーで値札シールを貼っていた私は、「あっ、すみません」と謝った。

集中すれば、あっという間に終わる作業だ。

小風呂敷（こぶろしき）に値札を付け終え、

「これ、どのあたりに並べましょうか。スペースがないですね……」

「夏の柄の小風呂敷をしまって、新しく入荷した秋の柄のものと入れ替えたらいいんじゃないか」

などと、話し合いながら陳列を変えていると、

「こんにちは！」

朗らかな声が聞こえ、大国主さんが店内へ入ってきた。

「あっ、大国主さん、いらっしゃいませ！」

待ちかねていたお客様がやってきたので、弾んだ声でお迎えする。

「真璃さん、事代主、一週間ぶりだね。事代主、はい」

八束さんに向かって両手を広げた大国主さんに、八束さんが「なんだ？」という顔を向ける。

「挨拶のハグ」

近づいてきた大国主さんに抱きしめられそうになった八束さんは、腕を伸ばして父親の額を押し返した。

「ええい、うっとうしい」

もう少し、優しくしてあげてもいいのになぁ。

「事代主〜……」

動きを止められた大国主さんは悲しそうな表情を浮かべたけれど、八束さんは無視をして私を急かした。

「真璃、さっさと親父殿に商品を渡して帰ってもらえ」

「あっ、はい。すぐに用意しますね」

二人の様子を眺めていた私は、レジカウンターの上に準備してあった風呂敷包みを取り上げた。

「大国主さん、こちらへどうぞ。おかけください」

大国主さんをテーブルへ案内し、椅子を勧める。大国主さんは「ありがとう」と微笑んで腰を下ろした。相変わらず素敵な笑顔だ。

大国主さんって、モテそう。

そんなことを考えつつ、テーブルの上に風呂敷包みを置く。大国主さんの視線が、私の手元に注がれる。緊張しながら風呂敷を解き、包まれていた木箱の蓋を開け、中からそっと取り出したのは、清水焼の徳利とぐい呑みだった。

「綺麗だね」

ぐい呑みを手に取った大国主さんは感心した様子だ。

「清水焼の酒器です。新進気鋭の若手作家さんのものです」

私が大国主さんのために用意した酒器は、『株式会社京夕堂』さんの伝手で紹介してもらった、若手陶芸家の作品だった。陶器特有のあたたかな印象の徳利には、桜と、それを見上げる赤い目の白うさぎの絵が描かれている。ぐい呑みには、内側に桜、外側には跳ねるうさぎの絵。色合いは柔らかく、可愛らしい雰囲気だ。

よしっ！

丹念に酒器を見ている大国主さんの反応に手応えを感じ、こぶしを握る。

「大国主さん、おすすめしたいのはこの酒器だけではないんです。箱を包んでいた風呂敷、これもうさぎの柄なんです」

私は、風呂敷を手に取ると、ぱっと開いてみせた。包んでいる時はわかりにくかったものの、藍色の風呂敷の真ん中には、大きなうさぎが染め抜かれている。

「風呂敷って、四角いものだけじゃなくて、長いものも包めるんです。大国主さん、お酒がお好きで、お友達のところへ、お酒を持ってよく飲みに行かれると聞きました。風呂敷だと、お酒も包めます。その他にも、結んでバッグにしたり、ボックスティッシュを包んだり、インテリアとして飾ったり、いろんな使い方ができます」

風呂敷は一枚あると、とても便利だ。私も、旅行の時には必ず持参している。

「……………」

私のセールストークを黙って聞いていた大国主さんは、少しの間の後、静かに首を横に振った。

「悪くはないね。けれど、酒器も風呂敷も、もう持っているんだ」

「え……。で、でも、他の柄のものもあると、選択肢が広がっていいと思いますよ」

食い下がったものの、大国主さんはがっかりした様子で溜め息をつく。

「私の心は、この商品にときめかない。『七福堂』にも、私の欲しいものはなかったみたいだね。やはり、私の気持ちを満たしてくれるうさぎグッズは、もうどこにもないのかな……」

大国主さんは、ショックを受けている私に優しい目を向けた。

「ありがとう、真璃さん。探してくれたことには感謝するよ。——さて、帰ろうかな。買い物もしないのに、二人の仕事の邪魔をしては悪いからね」

立ち上がった大国主さんを、私は、

「ま、待ってください！」

と、呼び止めた。大国主さんが振り返る。

「もう一度、チャンスをください！」

「もう一度だって？」

「はい。私、今度こそ、大国主さんのお眼鏡にかなうものを、ご用意してみせますから……！」

「無理だと思うよ」

大国主さんの声音には、私と『七福堂』への失望が滲んでいる。

「どうかお願いします……！」

必死にお願いする私を、大国主さんは哀れんだのかもしれない。軽い溜め息が聞こえた。

「――そこまで言うのなら、もう一度だけ、頼んでみようかな」

ぱっと顔を上げると、大国主さんは「仕方がない」というように、微笑んでいた。

「ありがとうございます……！」

私は、慈悲深い神様に向かって、深々と頭を下げた。

「一週間後、またここに来るよ」と言い残し、大国主さんが帰っていった後、様子を見ていた八束さんが、しょんぼりと肩を落とし酒器を片付けている私に近づいてきた。

「お前……諦めが悪いな」

呆れた口調。いつもなら、ムッとして言い返すところだけれど、今の私にその元気はない。

「どうして、そんなに必死なんだ？」

八束さんの質問に、俯きながら答える。

「だって、大国主さん、すごく残念そうなんですもん。私、販売員って、お客様にお買い物を通じて幸せになってもらう手助けをする仕事だと考えているんです。だから、欲しいものがあって、買い物をしたいと思っている大国主さんに、あんな表情、させたくないんです。それに……」

私は一旦言葉を句切ると、顔を上げ、八束さんの瞳を見た。

「大国主さんは八束さんのお父さんです。だから、なんとしても、望みを叶えてあげたいんです」

一緒に働き始めて、まだそれほど経っていないけれど、八束さんは私の大切な同僚だ。同僚の家族のために、店長として、できるだけのことをしたい。

真剣な私に、八束さんは驚いた様子だった。そして、ふうっと息を吐くと、腰に片手を当てて目を細めた。

「――お前、そういうところ、昔と変わっていないな」

「何か言いました？」

八束さんの声は小さくて、うまく聞き取れず、私は小首を傾げた。

「人が良すぎてバカだなって言ったんだ」

「は？　なんですかそれ！　八束さん、失礼！」

思わず身を乗り出し、八束さんの体を叩く。

「痛い。やめろ。乱暴者め」

八束さんは、私の腕を握って離させた後、一つの提案をした。

「あいつの心理を探るために、ためしにうさぎを見に行ってみないか?」

「うさぎを見に行く? どこにですか?」

「動物園だ」

私の問いかけに、八束さんは、にやりと笑って答えた。

❖

『七福堂』の定休日。私と八束さんは連れだって、『京都市動物園』を訪れていた。

動物園なんて久しぶり。

ワクワクした気持ちで入園すると、正面はジャガーの檻だった。入口でもらった園内マップを見ると、『もうじゅうワールド』と記されている。右は『アフリカの草原』だ。遠目にキリンが見えたので、肉食動物より草食動物が好きな私は、柵に走り寄った。

「わあ、大きい!」

柵のそばにいるキリンを見上げる。すると、相手も人間が気になるのか、長い首を曲げて私を見下ろした。

「可愛いなぁ～」

キリンに手を振りはしゃいでいたら、八束さんが追いついてきた。気配を感じて振り返ると、八束さんは、小さな子供を見守るような優しいまなざしで私を見ていた。意外な表情に、思わずドキッとする。

な、なんなの、その顔……。

私が動揺していることに気が付いたのか、八束さんは、ふいと横を向いてしまった。ばつが悪そうに、軽く頭をかいた後、気を取り直したように視線を戻す。

「行くぞ。うさぎを探さないと」

「そ、そうでしたね……」

私も、ドキッとしたことを誤魔化すように、急いで園内マップを広げる。

「えーと、ここが『アフリカの草原』だから……あ、ちょうど裏手に『ふれあい広場「おとぎの国」』っていうエリアがありますね。小動物は、ここっぽい」

「そうか」

私がマップを畳んでいる間に、八束さんは、さっさと歩き出してしまった。慌ててその後を追う。

「待ってくださいよ～！」

キリンとシマウマを横目に『アフリカの草原』エリアを抜けると、ヤギの姿が見えてきた。どうやらここが『ふれあい広場「おとぎの国」』のようだ。たくさんの子供たちが、楽しそうな笑顔でヤギや羊を撫でている。

「うさぎはどこだろう。──あっ、いた！」

ふれあい広場の端に、うさぎのいる柵があった。案内板には「カイウサギ」と書かれている。

ペットショップにでも行かない限り、実物のうさぎに会う機会もないので、興味深く眺める。白色や灰色、黒色のうさぎたちが、柵の中をぴょんぴょん跳ねたり、のんびり伏せたりしていて、その愛らしいしぐさを見ているだけで癒やされる。

「可愛いなぁ……」

「真璃は動物が好きなのか？」

熱心にうさぎを見つめていると、隣にいる八束さんに問いかけられた。

「好きですよ。といっても、母がアレルギー持ちなので実家でも飼えませんでしたし、こっちに来てからは、動物を飼うのが禁止のマンション暮らしだったので、機会はありませんでしたけどね。うさぎが神使だっていう大国主さんがうらやましい。でも……」

大国主さんは、大切にしていたうさぎたちとのお別れがつらくて、お迎えすることを諦めてしまったんだよね……。

あんなにうさぎが好きなのに。うさぎがいない生活が寂しくて、大国主さんはうさぎグッズを集め始めたんだろうな。大国主さんにとって、うさぎグッズって、神使の代わりなのかも……。

集めても集めても満たされない。その気持ちを想像すると、私の胸が、キュッと痛んだ。

「ねえ、八束さん。うさぎって、亡くなったら、どこに行くんでしょうね……。天国かな……」

ぽつりと漏れた問いかけに、八束さんは、

「月なんじゃないか？」

と、空を見上げた。

「月？」

「満月にはうさぎがいると言われているだろう？」

確かに、月の影はうさぎがお餅をついている姿に似ているけれど……。

ああ、そういえば、老人に変化していた神様に食べ物を乞われて、「自分を食べてください」と言って火に飛び込んで死んでしまったうさぎの説話もあったっけ。神様がうさぎを哀れに思って、月に姿を移してあげたんだ。

でも、実際の月はクレーターだらけで荒れていて、うさぎがいるわけがないのだけれど。——と考えて、私はハッとした。

そういうことじゃない。

うさぎは月にいない。けれど、うさぎを飼っている人々にとって、亡くなったうさぎたちの行く先は月であり、自分の愛兎が、そこで幸せに暮らしていると信じたいに違いない。

「そうだ！」

私は柵から身を離すと、八束さんのほうへ顔を向けた。

「大国主さんにとって、うさぎグッズはものである以上に、心の拠り所なんですよ！」

私の目は輝いていたのかもしれない。八束さんは、ふっと眩しそうな顔をした。

「答えを見つけたみたいだな」

せっかく来たので、私たちは一通り動物園を回った後、その足で、文具やハンドメイド素材などを扱っている、大きな雑貨店へ向かった。

「あった、あった」

画材売場で色紙を見つけ、いそいそと手に取る。

「ええと、あと、イラスト用のマーカーはどこにあるのかな?」

「それをどうするんだ?」

次々と画材道具を買い物カゴに入れていく私に、八束さんが不思議そうに尋ねてくる。

「ふふふ。私は、『Happy Town（ハッピータウン）』の店長時代、POP（ポップ）職人と呼ばれていたんですよ」

「えっへん」と胸を張る。

「POP?」

首を傾げた八束さんに、私は自信満々の顔を向けた。

「まあ、見ていてくださいよ。私の手腕を!」

❖

そして、再び、大国主さんと約束をした日を迎えた。

大国主さんが来店するのを、今か今かと待ち構えていた私は、「こんにちは」と入ってきた神様に向かって、弾（はず）んだ声を上げた。

「いらっしゃいませ!　お待ちしていました!」

私の元気な様子に、大国主さんがにこりと笑う。

「真璃さん、今日はどんな商品を見せてくれるんだい？」

「はい、こちらに用意してあります」

私はレジカウンターの上に置いていた「あるもの」を手に取ると、大国主さんをテーブルに案内した。椅子に腰を下ろした大国主さんの向かい側に立ち、おもむろに、「あるもの」——色紙を差し出した。

「さっそくですが、今回お勧めする商品はこちらになります」

「これは……」

大国主さんが目を見開いた。

私が用意していたものはイラストだった。ＰＯＰ職人の技量を活かして描いたのは、大きく丸い月と、その上で遊ぶ白うさぎたち。白うさぎたちは、ネザーランドドワーフや、ミニウサギなど、できるだけ、大国主さんが従えていたうさぎたちに似せた。餅つきをしているうさぎや、それを食べているうさぎ、追いかけっこをしているうさぎ、様々なポーズのうさぎたちを描いた。

大国主さんの反応は……？

「ああ……」

大国主さんは、感動した様子で手を伸ばすと、私から色紙を受け取った。一羽一羽、うさぎの姿をなぞるように、瞳がゆっくりと動いている。

しばらくの間、私は、静かに大国主さんを見守った。

たっぷりとイラストを鑑賞した後、大国主さんが顔を上げた。

「これを描いたのは真璃さんかい？」

「はい。私、少しばかり、絵のたしなみがあるんです」

控えめに頷いたら、大国主さんは、くしゃりと笑った。

「素晴らしい絵だよ。このうさぎたちは、私の神使たちだね。月で、とても楽しそうに遊んでいる。本当に、そうだったらいいのに……」

「大国主さんのお亡くなりになった神使さんたちは、皆、今は月にいて、きっと楽しく過ごしています！　こんな風に、お餅をついたり、追いかけっこをしたりして、遊んでいます！」

力説した私に、大国主さんが笑いかける。

「――うん、そうだね。きっと、そうだ」

自分に言い聞かせるように何度も頷くと、色紙をテーブルの上に置き、腕を伸ばして、私の手をぎゅっと握った。

「ありがとう、真璃さん。こんなに素敵な絵を描いてくれて。――グッズをいくら集めたところで、あの子たちの代わりにはならない。私が求めていたものは、あの子たちが、死後も幸せに暮らしていると信じられる、自分の強い心だったんだね。不安を埋めたくて、むやみやたらと、グッズを集めていたんだ。真璃さんが描いたこの絵を見ていると、あの子たちが、今は月で楽しく暮らしているのだと信じられるよ」

自分の気持ちに気が付いた大国主さんは、晴れ晴れとした表情をしていた。

「このイラスト、買わせてもらうよ」

「ありがとうございます！　もしよろしければ、こんなものも作ってみました」

私は、急いでカウンターに戻ると、小さな段ボール箱を取ってきた。

「……？」

テーブルの上に置いた段ボール箱を、興味深げに見つめる大国主さんの目の前に、中のものを並べていく。

「マグカップに、クリアファイル、ノート、缶ミラー、トートバッグ」

それらの商品には、私が描いた月で遊ぶうさぎたちのイラストがプリントされている。私はこのイラストをパソコンに取り込んでデザインし、オリジナルグッズを作ってくれる会社に、特急で発注をかけたのだ。

大国主さんは、私が次々と取り出したグッズを見て、目を丸くし、大笑いをした。

「あははは！　これは確かに究極のうさぎグッズだ！」

「全部もらうよ」と満面の笑みを浮かべた大国主さんに、頭を下げる。

「ありがとうございます！」

「良い買い物ができたよ。ありがとう」と、手を振って帰っていった大国主さんを、店の前で見送った後、隣に立っていた八束さんが軽く息を吐いた。

「一件落着だな」

「はい。よかったです」

私の顔を見下ろした八束さんに笑いかけたら、八束さんは、少し意地悪な表情で唇の端を上げた。

「『神の御用達』の名に傷が付かなくてよかったな」

「そんな言い方、しなくてもいいじゃないですか」

憤慨した私の額を、八束さんが指で弾く。「痛っ」と手のひらで額を押さえ、じろりと睨み付ける。

「何するんですか、もうっ」

なんで、デコピンをされなきゃいけないの？

ぷんと頬を膨らませたら、八束さんは少し身をかがめ、私の頭の横で囁いた。

「……真璃。親父殿の願いを叶えてくれて、感謝する」

「は……い？」

ぽかんとした私から顔を背け、八束さんが店の中へと戻っていく。

もしかして、今、お礼を言われた？

そのことに気が付き、私の胸の中が、ぽうっとあたたかくなった。額にかかる前髪を、指でいじる。

デコピンは、照れ隠しだったのかな？

そう思うと、無愛想な彼が可愛く思えて、私は一人で笑みを漏らした。

大国主さんに究極のうさぎグッズを販売してから数日後。
「きゃーっ、可愛いーっ！」
私は『七福堂』の店内で、黄色い声を上げた。大国主さんの腕の中にいるのは、赤い目の白うさぎだ。まだ子供なので、とても小さい。垂れ耳の子うさぎは、ぬいぐるみのよう。
「お尻をしっかりと押さえて。体を胸にくっつけるようにして抱いてあげると安心するから」

大国主さんが、私のほうへ白うさぎを差し出す。私は恐る恐る受け取ると、胸に抱いた。

「ふわふわだぁ～」

この白うさぎは、大国主さんが新しく従えた神使だ。迎えられたばかりで動物の本能が強く残っており、神使としては、まだ、なんの力もないものの、徐々に教育をしていくのだそうだ。

「真璃さんにあの絵をもらってから、気持ちが吹っ切れてね。新しい子をお迎えしたから、見せにきたんだ」

「そうだったんですね」

大国主さんが新しく神使を迎えることができて、心からよかったと思う。

「本当に可愛い。私も動物を飼ってみたい……。あっ、そうだ！　恵比寿に神使はいないんですか？」

八束さんに神使がいるのなら、同居もいいなと思って問いかけたら、

「神使というか、恵比寿として関わりが深い生き物なら、鯛だな」

という答えが返ってきて脱力した。

「……ふわふわしてない……可愛くない……」

がっかりした私を見て、大国主さんが声を出して笑う。

「失礼な。鯛も可愛いぞ」

腕を組んで唇を尖らせている八束さんの様子がめずらしくて、私はぷっと噴き出した。

「何、笑ってるんだ」

「八束さん、拗ねてます？」

愉快な気持ちでいると、大国主さんが私の耳元に顔を近づけ、悪戯っぽく小声を出した。

「真璃さん。私の神としての御利益の一つは縁結びなんだ。もし誰か好きな人がいるのなら、お礼に、縁を結んであげようか」

「す、好きな人ですか？　そんな人、いませんよ……」

慌てて首を振った私に、大国主さんが、ぱちんとウィンクをする。

「そう？　好きな人ができたら、遠慮なく言ってね」

そしてなぜか、八束さんにもウィンクをした。八束さんが「なんだ？」という怪訝な表情で、大国主さんを見ている。

私の腕の中で、白うさぎがもぞもぞと動いた。

「あっ、ちょ、ちょっと待って、うさちゃん。動かないで……！」

落としそうになり慌てている私に、

「落とすなよ、真璃！」

「こら、小桃(こもも)！　暴れたらダメだよ！」

八束さんと大国主さんが同時に手を伸ばす。わいわいと三人で騒いでいるこの瞬間がとても楽しくて、私は笑顔をはじけさせた。

第四章　迷子のクマ

「ありがとうございました！」

観光客らしき女性の二人連れを、暖簾の外で見送ると、私は赤く染まりつつある空を見上げた。最近は、日の入りの時刻も早くなってきている。

「もうそろそろ十七時だし、ちょうどお客様もいないし、閉店作業に入ってもいいかな」

ひとりごとを言いながら暖簾に手を伸ばし、取り外した時、トレンチコート姿の、麗しい女性が声をかけてきた。

「あら、真璃ちゃん。こんばんは」

年の頃は二十代後半。長い黒髪は絹糸のように艶やかで、肌は雪のように白く、唇はバラの花びらのように赤い。隣には、ハッとするほどの美青年が寄り添っていて、仲睦まじい様子だ。

「あ、弁天さん。相良さん。こんばんは。これからお店ですか？」

「ええ」

この美女は、七福神の紅一点・弁財天だ。人の世で名乗っている名前は音々というらしい。弁天さんは『七福堂』のはす向かいにある町家で、『ノクターン』というバーを営んでいる。『ノクターン』の入る町家は、おばあちゃんの家と同じ大家さんの持ちものだ。弁天さんとは、おばあちゃんの家に引っ越してすぐ、ご近所へ挨拶回りをしていた時に知り合った。

弁天さんのバーが開くのは十八時から零時の間。なので、『七福堂』が閉店する時間あたりにやって来る。何度か飲みに行ったことがあるけれど、『ノクターン』は、大正時代風にリノベーションされた、素敵な内装の店で、弁天さんが作るお料理もお酒も、とてもおいしい。路地の奥という隠れ家的な雰囲気が、通のお客様に受けているのだそうだ。

相良さんという男性は、フルネームを相良奏という。ピアニストの卵で、『ノクターン』で、バーテン、兼、演奏者をしている。そしてなんと、弁天さんの恋人だ。

「真璃ちゃんのほうは、お仕事、終わり？」

「はい。今から閉めようかと思っていました」

「お疲れ様。よかったら、またお店に遊びに来てね」

「ありがとうございます」

ひらりと手を振って路地に入っていく弁天さんの後に、相良さんもついていく。私に向かって、にこっと会釈をしてくれた。

「神様と人間のカップルかぁ……」

最初、その話を聞いた時、私はかなり驚いた。

八束さんに七福神について教えてもらってから——信心がないと言われて悔しかったのもあって——私は、彼らがどんな神様なのか、インターネットで軽く調べてみた。

弁財天は、元々はインドのサラスヴァティーという河川の女神だったらしい。川のせせらぎの音が音楽に通じ、また、弁舌の女神・ヴァーチェと結びついたことによって、音楽・学問・芸術の女神となったそうだ。日本では財運の神としての一面も持ち、お寺や神社でお祀りされている。

その弁天さんに、なぜ人間の恋人がいるのかというと、音々さんが祀られているお寺に相良さんがお参りに来て、一目惚れをしてしまったらしい。そして、プロの演奏者を目指している相良さんのために、彼がピアノを弾くことのできる場所——バー『ノクターン』を作ってしまった。

八束さんは「神なのに私利私欲に走りすぎ」と言うけれど、私は愛に生きる弁天さんが素敵だと思う。

相良さん、美形だし、弁天さんが一目惚れをするのもわかる気がするなぁ。

柔和で甘い顔立ちをした相良さんを思い出し、納得していると、八束さんが店の中から顔を出した。

「真璃。暖簾は外したのか？」

「あっ、はい。外しました」

「そうか。なら、レジも締めるか」

ひょこっと頭を引っ込めた八束さんの後について、私も店の中に戻る。

暖簾を置いて、レジから、今日の売り上げの集計レシートをプリントアウトする。

八束さんがレジカウンターに入った八束さんの隣に立ち、私はお金の数を数え始めた。

手分けをして作業をしていると、ふいに、ルルルル、と固定電話が音を立てた。私のほうが近かったので、手を伸ばして受話器を取り上げ、電話に出る。

「はい、『七福堂』です」

「『七福堂』か？　いつものおいなりさんを頼む」

女性にしては低いけれど、丸みのある、耳に心地よい声が聞こえてきた。

「おいなりさん？　うちは寿司屋ではありませんが……」

間違い電話だろうか。

「そちらは『七福堂』であろう？　妾は、おいなりさんが欲しいと言っている」

やや苛立った様子で、相手の女性は言葉を返す。

「でも、うちは和雑貨店で、いなり寿司は売っていなくて……。『七福堂』違いではないでしょうか」

どこかに同じ『七福堂』という名前の寿司屋があるのかもしれない。

「そうか、確か、『七福堂』の店主は代替わりをしたのだったか。そなたが、新しい店主だな」

代替わりを知っているということは、ここが和雑貨店『七福堂』だとわかった上で、電話をかけてきているようだ。

おばあちゃんが店主だった頃の、私がまだ把握していない常連客なのかな？

「失礼ですが、お名前をお伺いしてもよろしいでしょうか」

丁寧（ていねい）に尋ねると、相手は一呼吸置いた後、答えた。

「宇迦之御魂大神（うかのみたまのおおかみ）だ」

あっ、この人、神様だ！

けれど、耳にしたことのない名前だったので、私の電話を横で聞いていた八束さんに、小声で尋ねてみる。

「八束さん。宇迦之御魂大神さんって知っていますか？　いなり寿司が欲しいって言われているんですけど……」

八束さんはすぐにわかったのか、

「伏見稲荷大社の御祭神だな。そういえば、百合子から、『年に数回、宇迦之御魂大神に、いなり寿司を作ってほしいと頼まれるのだ』と、聞いたことがある」

と、教えてくれた。

「えっ、おばあちゃん、いなり寿司、作ってたんですか？」

私たちの会話が電話越しに聞こえたのか、宇迦之御魂大神さんが、

「そうだ。百合子は妾が頼むと、おいなりさんを作ってくれた。おいなりさんは妾の好物なのだ。明日の夕刻、神使に取りに行かせるゆえ、用意しておくように」

と一方的に依頼し、プツッと通話を切った。ツーツーと音の鳴る受話器を見つめ、私は困った表情を浮かべた。

「うちは、寿司屋じゃないって言っているのに……」

「『七福堂』は『神の御用達』だからな。神が望めば、用意しなければいけない」

「そういうものですか」

八束さんに、当然のように言われて、諦めの息を吐く。

「明日、神使さんが来るっておっしゃっていましたし、作っておかないといけませんね。――よしっ！　作るからにはしっかりと作らなきゃ。後で、材料買ってきます！」

私は気を取り直すと、途中で手が止まっていたレジ締め作業を再開した。

油揚げ、鰹節、昆布、砂糖、醤油、米酢、塩……いなり寿司の材料を並べた調理台の前で、エプロン姿の私は腕まくりをした。

急遽いなり寿司を作ることになり、今日の午前中の店番は、八束さんにお任せをしている。

「さて、やりますか！」

私は気合いを入れると、まず油揚げから準備を始めることにした。

いなり寿司は、お母さんが時々作っていたので、レシピはなんとなく覚えている。

熱湯を油揚げに回しかけ、油抜きをする。キッチンペーパーで水気を拭いてから、半分に切った。

今度は鰹節と昆布で出汁を取り、砂糖、醤油を入れて、ひと煮立ちさせる。そこに油抜きをした油揚げを入れて落とし蓋をし、煮汁がなくなるまで、コトコトと煮る。

油揚げを煮ている間に、いなり寿司の中に詰める酢飯の準備をする。米は、朝一で炊飯器にセットしていたので、既に炊けている。合わせ酢を作って、ご飯に混ぜ合わせた後、冷ましてから酢飯を握り、煮汁を軽く絞った油揚げの中に詰めて、俵型に成形していった。

しばらくの間、集中していなり寿司を作り、私は明るい声を上げた。

「完せーい！」

大皿の上には、二十個ほどのいなり寿司が並んでいる。

「我ながら上手にできた」

自画自賛していると、店と居間の間の戸が開き、八束さんが顔をのぞかせた。

「そろそろ昼休憩の時間だが、交代できそうか？」

「お待たせしてすみません。今、いなり寿司が完成したところなので、大丈夫ですよ」

私は小皿に四つほどいなり寿司を取り分け、ローテーブルに運んだ。

「お昼ご飯に食べてください」

エプロンを外して、台所の隅に置く。居間に入ってきた八束さんが、ローテーブルの上の皿を見て目を丸くした。

「すごいな。本当にお前が作ったのか？」

「『本当にお前が作ったのか』って、ここには私しかいないじゃないですか。よかったら、感想聞かせてくださいね」

今日の昼食にする予定で、多めに作ったのだ。

「もし、汁物が欲しかったら、インスタントのお吸い物があるので、使ってくださいね」

いなり寿司に全力投球したので、汁物を作る気力までは保たなかった。八束さんから、

「わかった」という答えが返ってくる。

「それじゃ、また後で」

八束さんに軽く手を振って、店に出た私は、「八束さんの口に合うかな。おいしいって言ってくれたらいいな」と期待した。

それから三十分ほどして、休憩が終わった八束さんが店に出てきた。いなり寿司の感想を聞きたくてそわそわしていた私に、八束さんは、

「いなり寿司、甘くてうまかった。真璃は結構料理上手だよな」

と、ぶっきらぼうな口調で言った。

八束さんに褒(ほ)められた！　しかも、料理上手だって！

意外にもそう思われていたのだとわかり、嬉しい気持ちと照れくさい気持ちが入り交じる。

「お口に合ってよかったです」

思わず浮かれてしまったものの、それが八束さんに伝わるのは恥ずかしかったので、私は控えめにお礼を言った。

毎日のご飯、これからも頑張って作ろう、などと考えていると、

「お邪魔するよ」

朗(ほが)らかな声が聞こえ、お客様が店内に入ってきた。

「いらっしゃいませ」

挨拶と共に顔を向け、目を丸くする。そこにいたのは、ムキムキマッチョの男性だった。クルーネックのニットの胸元は厚く、腕も首もがっしりと太い。短髪で爽やかな顔立ちだ。年の頃は、三十代後半といったところだろうか。

「やあ、恵比寿。元気だったかい？」

マッチョは笑みを浮かべると、八束さんに向かって軽く片手を上げた。

「布袋か。久しぶりだな」

ええっ！　布袋って、七福神の布袋尊？　このマッチョの人が？

布袋尊は、中国の唐代末期に実在した契此という僧侶で、弥勒菩薩の化身として信仰されるようになったらしい。いつもにこにこしていて、大きな袋を背負い、施しを求めて市中を歩いた。七福神の絵を見ると、布袋尊は、つるっとハゲていて、お腹がぽっこりと出たメタボのおじさんだった。

まあ、八束さんも、福々した恵比寿さんの絵とは全然違うし、大黒さんも、打ち出の小槌を持った姿とは違うけど……。

それにしても、布袋さんのイメージが違いすぎて、びっくりしてしまう。

「何か用事か？」

そう問いかけた八束さんの視線が、布袋さんの足元へと向いた。私も、「あれっ？」と目を瞬く。布袋さんの後ろに隠れるようにくっついているのは、小さな女の子だった。長い髪をおさげにして、肩から前に垂らしている。あどけない可愛い子だが、今は不安そうな表情を浮かべている。

「買い物に来たのさ。そちらのお嬢さんが、新しい『七福堂』の店主かい？」

布袋さんは私の前に立つと、自然な動作で手を取った。そして、片手を自分の胸にあて、砂糖をまぶしたような言葉で囁いた。

「お初にお目にかかる。オレは七福神の一人・布袋尊。大輪のバラのように麗しいレディ、会えて嬉しいよ」

「あ、ええと……繁昌真璃です。どうも……」

「繁盛？　素敵な名前だね。あなたのような美しい人にぴったりだ」

レディと言われたことにドキドキし、うわずった声で名乗ると、甘い声音で褒められた。どうやら、布袋さんはナンパな性格のようだ。

「布袋。あまり真璃をからかうな」

溜め息交じりに八束さんが注意をすると、布袋さんは、ふふっと笑った。

「からかってなんていないさ。オレは本当のことを言っただけだよ」

「相変わらず調子のいい奴め」

八束さんは呆れた表情を浮かべた後、布袋さんにくっついている女の子に目を向けた。

「で、なんでまた、今日は子供を連れてきたんだ？」

「この子は、萌っていうんだ。今、小学校一年生。オレの娘だよ。可愛いだろ？」

布袋さんが女の子の背に触れ、私たちに紹介してくれる。

布袋さんのお子さん？　八束さんも大国主さんの息子だし、布袋さんの娘さんの萌ちゃんも、神様なのかな？

私の疑問を察したのか、布袋さんがこちらを向いた。

「萌は人の子だよ」

神様の子供なのに、人間？

どういうことなのだろうと不思議に思っていると、八束さんが、小声で、

「布袋は、身寄りのない子供を引き取って育てているんだ」

と、教えてくれた。私にだけ聞こえるように言ったのは、萌ちゃんを気遣ったのだろう。

布袋さんは店内をぐるりと見回し、回転式のラックに目を留めると、萌ちゃんに向かって優しく声をかけた。

「萌。あそこに可愛いぬいぐるみがあるよ」

萌ちゃんは布袋さんの顔を見上げ、ぬいぐるみを見つめ、また布袋さんの顔を見上げた。

布袋さんは「ぬいぐるみ」と言ったけれど、ふわふわした毛足のあるものではなく、ちりめん風のレーヨン生地で作られた十センチほどのマスコットキーホルダーだ。クマとうさぎの二種類がある。

「萌が持っていたものと、似ているね」

萌ちゃんの手を引き、マスコットキーホルダーの前まで行くと、布袋さんはクマを手に取り、萌ちゃんに差し出した。萌ちゃんはじっとクマに目を向けた後、手を背中に回し、口を結んで、ふるふると首を横に振った。

萌ちゃん、クマが気に入らないのかな？　布袋さんが弱ったような顔になる。

かといって、うさぎが欲しい風でもない。私は、八束さんと顔を見合わせた。

「何か事情があるのか？」

八束さんが、布袋さんに問いかける。

布袋さんはマスコットをラックに戻すと、萌ちゃんに「好きなものを選んだらいいよ」と言って頭を撫で、私たちのそばへ戻ってきた。

「このあいだ子供たちを連れて『京都水族館』に行ったんだけど、その時に、萌が、お気に入りのクマのぬいぐるみを落としてしまったんだ。和柄で、キーホルダーになっていて、ちょうどあそこにあるものと、よく似たものなんだよ。実は、それは、萌の亡くなった両親の思い出の品でね……旅行に行った時に、買ってもらったものらしいんだ。いつも使っているリュックにぶら下げて、お守り代わりにしていたんだよ。クマのぬいぐるみを落としてから、萌はすっかり元気をなくしてしまって……。代わりのものを与えれば、少しは慰めになるかと思って、『七福堂』に買いに来たというわけさ」

布袋さんの説明に、私は「そうだったんですね」と相槌を打った。

萌ちゃんの様子を窺うと、ラックに掛かったクマのマスコットを、じっと見つめている。

「萌は、半年前に引き取ったばかりなんだ。まだオレに遠慮があるみたいで、わがままも言わないし、聞き分けのいい子なんだよ。そんな萌が落ち込んでいる姿を見たら、なんとか元気付けてあげたくてね」

布袋さんは、父親の顔で微笑んだ。その表情からは、布袋さんが萌ちゃんを本当に大切に思っているのだと伝わってくる。

「『京都水族館』には、問い合わせてみたんですか？」

落とし物として届いていなかったのかと思い、尋ねてみると、布袋さんは、ふうっと溜め息をついた。

「問い合わせはしたんだけど、届いていなかったんだ」

「じゃあ、道で落としたのかな……。警察には聞いたんですか?」

「うん。警察にもなかったよ」

「そうですか……。どこで落としたのかわからなければ、探すのは難しそうですね……」

「『京都水族館』に入る前には、確かにリュックに付いていたんだ。なくなったと気が付いたのは、『梅小路公園』を出た時」

『梅小路公園』とは、京都駅の近くにある公園で、市民の憩いの場だ。『京都水族館』は、その敷地の中にある。

「もしかして、『梅小路公園』で落としたのかも!」

それは重要な手がかりだと思い、勢い込んで言ってみたけれど、布袋さんは肩を落とした。

「オレもそう思った。水族館から出た後、公園で子供たちを遊ばせたからね。子供たちを家に帰してから、オレだけ戻って、公園内を探して回ったんだ。でも、見つからなかった」

「お手上げ、ということか」

八束さんが、顎に手をあてる。

だから、布袋さん、『せめて同じようなものを』と思って、うちの店に萌ちゃんを連れてきたんだ……。

萌ちゃんは、回転式のラックをゆっくりと回している。三人で様子を見守っていたら、赤色のクマを手に取り、布袋さんのところへ戻ってきた。

「おじさん、これ……」

おずおずと、クマのマスコットを差し出す。布袋さんはしゃがみ込んで萌ちゃんと視線を合わせると、マスコットを受け取った。

「そうか、これがいいんだね」

萌ちゃんが、こくりと頷く。けれど、やはり表情は硬く、彼女が心からこれが欲しいと思っていないことが伝わってきた。

本当に、代わりのものでいいのかな？
なくしたクマのぬいぐるみって、萌ちゃんが、実のお父さんとお母さんに買ってもらった大切なものなんだよね。形見でもあるぬいぐるみに、代えはきかないんじゃないかな……。

私も萌ちゃんのそばにしゃがみ込むと、まっすぐに萌ちゃんを見つめた。

「ねえ、萌ちゃん。本当にこのクマでいいの？」

そっと問いかけると、萌ちゃんの瞳が揺れた。あっという間に涙が浮かび、ぽろりとこぼれる。

「そうだよね。やっぱり、お父さんとお母さんに買ってもらったクマのほうがいいよね」

萌ちゃんがこくりと頷いた。

「よしっ、じゃあ、お姉さんが、萌ちゃんのぬいぐるみを探してあげる！」

萌ちゃんの手を取り、ぎゅっと握ると、後ろから、「は？」と言う八束さんの声が聞こえた。

「真璃が見つけてくれるのかい？　どうやって？　オレが探しても見つからなかったのに」

布袋さんに半信半疑のまなざしを向けられたけれど、私は「任せてください」と胸を張った。

「公園を探してみます。見落としがあるのかも」

布袋さんは、不安そうに私を見つめている。

「ほんとう？　おねえちゃんが見つけてくれるの？」

萌ちゃんの小さな声を耳にし、布袋さんが娘を見下ろした。幼い彼女の、期待と不安の入り交じったまなざしに、心を決めたようだ。

「じゃあ、真璃に託してみるよ」

私の肩を、ぽんと叩いた。

親子がクマのマスコットを買わずに店を出ていった後、八束さんが腕を組んで私に視線を向けた。

「真璃。本当に見つけられると思っているのか？」

「正直、わかりませんけど、見つけるしかないと思っています。萌ちゃんのあんな様子を見たら、なんとかしてあげたくて……」

「無謀だな」

八束さんは呆れた表情を浮かべている。

「私、頑張ります」

ぐっと手を握り、私は強く決心した。

夕刻になり、宇迦之御魂大神さんの神使が『七福堂』にやってきた。

ちょこんと目の前に座っている子ギツネを見て、私は目をぱちくりとさせた。宇迦之御魂大神さんの神使は、黄色がかった毛皮、三角の耳、つぶらな瞳の、可愛いもふもふ。子ギツネは、私の顔を見上げ、ぺこりと頭を下げた。

「あなたが『七福堂』の新しい店主さんですか？　僕はホヅミといいます。宇迦之御魂大神様のお使いで来ました」

「ホヅミ君、って呼んでいいのかな？　あなたが宇迦之御魂大神さんの神使さん？」

確認をすると、子ギツネのホヅミ君は頷き、

「僕は、稲荷山の霊狐です」

と、誇らしげに答えた。

「伏見稲荷大社の境内にある稲荷山には、宇迦之御魂大神の眷属である霊狐が、たくさん住んでいるんだよ」

八束さんが、そう教えてくれる。

「ホヅミ君は、人の言葉が話せるんですね。霊狐って、特別なキツネなんですか？」

大国主さんの神使・小桃ちゃんは、言葉も話せなかったし、普通のうさぎみたいだったけど……。

「もとはただのキツネだ。神使は、神のもとで修行をして、様々な能力を身につけるんだ」

八束さんの説明を聞いて「へえ～」と感心する。

「宇迦之御魂大神様のご命令により、こちらにおいなりさんを取りに来ました」

「いなり寿司なら用意できてるよ。ちょっと待ってね」

私はテーブルの上に置いてあった風呂敷包みを取り上げ、ホヅミ君の前に差し出した。

キツネの姿でどうやって持って帰るのだろうと思っていたら、ホヅミ君は「ありがとうございます」とお礼を言った後、口で器用に風呂敷包みを掴んだ。

お辞儀をして、ととと、と歩き出すと、軽い身のこなしで『七福堂』を出ていった。

「いなり寿司、宇迦之御魂大神さんにも、おいしいって思ってもらえたらいいな」

八束さんのお墨付きだ。きっと気に入ってもらえるに違いないと、私は自信満々だった。

次の日は『七福堂』の定休日だったので、私と八束さんは、萌ちゃんのクマのぬいぐるみを探すため、午前中から『梅小路公園』に向かった。『梅小路公園』は、京都駅から西向きに歩いて、十五分ほどの場所にある。

大宮通沿いの入口に辿り着き、公園内に入った途端、私は、唖然としてしまった。

「広い……」

子供の頃に遊びに連れてきてもらった覚えがうっすらとあったけれど、こんなに広かったっけ？

幼い頃の記憶なので、あやふやだ。

敷地に入ってすぐ右手には『京都水族館』の建物が建っている。遊歩道を挟んで左手には、芝生広場があった。仲良く手を繋ぎ水族館に入っていく家族連れや、広場で走り回って遊んでいる子供たちの姿が見える。

「面積約十三・七ヘクタール……だそうだ」

八束さんがスマホを私のほうに差し出した。表示されているのは、『梅小路公園』の園内マップ。インターネットでホームページを調べたようだ。東京ドームが約四・七ヘクタールだと聞いたことがあるので、約三倍といったところだろうか。

「萌のぬいぐるみ、見つけてみせるんだろう？」

八束さんが、広さに怯んでいる私に、試すような目を向けた。

「見つけてみせますよ」

少し意地悪な言い方だったので、私は、若干ムッとしながら言い返した。

「まずは芝生広場の周りを調べましょう。それから、徐々に、公園の奥のほうへ行きましょう」

気合いを入れて歩き出した私の後に、八束さんがついて来る。

芝生広場自体は見晴らしが良く、何かが落ちていたらすぐに気が付きそうな場所だったけれど、周囲には植え込みや樹木が多く、探しものをするには困難だった。雑草が生い茂っている場所もあり、私たちは草をよけてみたり、かがんで植え込みをのぞき込んだりしながら進んでいった。

くまなく芝生広場を回った後、

「ないな」

八束さんが諦めたように肩をすくめた。

「そうですね……。じゃあ、場所を変えましょう」

芝生広場からさらに先へ進むと、電車の車両が置かれた『市電ひろば』があった。

京都（きょうと）には、かつて路面電車が走っていたそうだ。「明治四十五年に開始された京都市電は、昭和五十三年まで、主な交通機関として活躍した」という旨（むね）の説明が書かれた看板が立っている。『市電ひろば』に置かれているのは、その旧車両だった。それぞれ、土産物（みやげ）ショップ、カフェ、休憩所として活用されているようだ。

私と八束さんは休憩所の中をのぞいた後、『市電ひろば』をぐるりと回り、次の場所へと向かった。

アスレチック遊具のある『すざくゆめ広場』では、たくさんの子供たちが遊んでいた。二人の女の子が順番に滑り台を滑り、歓声を上げている。

姉妹かな？　楽しそう。

下で二人を見守っているのは、若い父親だ。

「萌ちゃんもきっとここで遊んだんだろうな」

私は親子に、萌ちゃんと布袋さんの姿を重ねた。

遊んでいるうちに、ぬいぐるみを落としたのかも。

遊具の周りを重点的に探してみる。

「ないですね……。誰かに拾われちゃったのかなぁ」

可愛いクマのぬいぐるみだと思って、他の子が持っていってしまった可能性もある。そうだとしたら、お手上げだ。

念のため、花壇や植え込みもチェックし、この場を離れた。

その後、森の中や人工の河原あたりも探してみたものの、萌ちゃんのぬいぐるみは見つからなかった。

探索を続けているうちに、いつの間にか、日が傾き始めていた。

「今日はここまでだな」

赤く染まりつつある空を見上げ、ふぅと息を吐いた八束さんの表情は疲れている。

「…………」

私は途方に暮れて立ち尽くした。この広さの公園で、小さなぬいぐるみを二人で探し出すには無理があった。だだっ広いだけだったらよかったけれど、ものを探すには、この公園には樹木が多すぎる。

無謀だってわかってた。でも……。

悲しそうな萌ちゃんの顔を思い出し、唇を噛(か)む。

「真璃。とりあえず、今日のところは諦めよう。昼飯も食べずに探したんだ。腹が減っているんじゃないか？」

八束さんの問いかけで、空腹に気が付いた。

「そう……ですね……」

『梅小路公園』を後にし、とぼとぼと京都駅に向かう間、八束さんは何も言わなかったけれど、気遣うようにゆっくりと歩いてくれた。

祇園の町家に帰り、玄関の鍵を開けて中に入ると、店のほうから、固定電話が鳴る音が聞こえてきた。

「あれっ？　電話が鳴ってる」

慌てて店に向かい、受話器に飛びついて耳にあてた途端、

「遅い！」

と、怒られた。

「は、はい？　どちら様でしょうか？」

「宇迦之御魂大神だ。今日、一日で、何度かけたかわからぬ！　なぜ、電話に出ぬ！」

うろたえながら尋ねたら、相手は宇迦之御魂大神さんだった。かなりご立腹のようだ。ど

うやら、何度も電話をかけてくれたらしい。

「すみません、今日は定休日で、出かけていたんです」

何か急用でもあったのかと、申し訳なく思って謝ったら、再度、不機嫌な声で怒られた。

「なんだ、あのおいなりさんは！」

「おいなりさん？　あっ！　もしかして、おいしくありませんでしたか？」

自信作だったのに、口に合わなかったのだろうかと、残念な気持ちで尋ねると、

「おいしいおいしくない以前の問題だ！　妾が所望したおいなりさんは、あのようなものではない！」

という答えが返ってきて驚いた。

「えっ？」

「明日の夕刻、もう一度、ホヅミに取りに行かせるゆえ、きちんと作っておけ。良いな」

宇迦之御魂大神さんは一方的にそう言うと、プツンと通話を切った。私は受話器を置きながら、わけがわからずつぶやいた。

「どういうこと……？」

「宇迦之御魂大神からだったのか？」

八束さんが居間から顔を出した。私の話す声が奥まで聞こえていたようだ。

「はい。どうも私が作ったいなり寿司がお気に召さなかったみたいで……」

腑に落ちないままに答えると、八束さんは「ふむ」と、顎に手をあてた。

「俺はうまいと思ったがな」

「ですよね！」

一生懸命作ったいなり寿司。八束さんも太鼓判を押してくれるほど、良い出来だったはずなのに、宇迦之御魂大神さんは何が気に入らなかったのだろう。

釈然としなかったものの、それとは関係なく、私のお腹がきゅるると鳴く。

「とりあえず、晩飯を食べてから考えたらどうだ？」

「そうですね……」

今日はさすがに疲れたので、夕食を作る気力がなく、駅前の百貨店で惣菜を買って帰ってきた。肉じゃがコロッケとクリームコロッケ、五目おこわを電子レンジで温め、水菜と湯葉のサラダを皿に盛る。インスタントの味噌汁を入れて、居間のローテーブルに運ぶと、「いただきます」と手を合わせた。

惣菜を食べながら考えるのは、宇迦之御魂大神さんにダメ出しをされたいなり寿司のこと。

なんで気に入ってもらえなかったんだろう……。

「真璃。食事中ぐらいは、悩むのをやめろ」

難しい顔をしながら肉じゃがコロッケを口に運んでいたら、八束さんに注意されてしまった。

夕食を食べ終えた後は、お菓子タイムに入った。おばあちゃんが横浜へ引っ越した後も、なんとなく、この習慣は続いている。今日のお菓子は、百貨店で買った『笹屋伊織』の『代表銘菓どら焼』だ。

竹の皮に包まれているのは、餡を生地で包んだロール状のお菓子。『どら焼』という名前だけれど、一般的などら焼とは、見た目がかなり違う。鉄板の上に生地を流し、転がすようにこし餡を包み、円柱型に焼いて作るのだそうだ。

このお菓子は、元々、東寺にだけ納められていたもので、今は一般にも販売されるようになった。手間ひまがかかり、たくさん作れないことから、毎月、二十日から二十二日の間しか販売されないというレアものだ。

竹の皮ごと一口大に切り分け、皮を外して口に入れると、もっちりとした食感とほどよい甘みの餡が相まって、とてもおいしい。

「ん～っ、このどら焼、たまらない！　今日が偶然、販売の日で良かった！　前から食べてみたかったんですよね。それにしても、こんな形なのに、どら焼っていうの、不思議だなぁ」

「江戸時代には、寺の銅鑼の上で焼いていたという話があるそうだ。だから『どら焼』と名付けられたらしいぞ」

私が首を傾げていると、満足げな表情でどら焼を食べている八束さんが、蘊蓄を披露してくれる。

「へえ〜、そうなんですね。でも、同じ名前なのに、違うものっていうのが面白いですよね。……ん？　同じ名前なのに違うもの？」

私は、自分の言葉にひっかかりを覚え、口に入れかけたどら焼を皿に戻した。

「そういえば、いなり寿司って……」

ハッと気が付く。

「関東と関西、味が違うって聞いたことがある！」

私はローテーブルの上に置いていたスマホを手に取ると、インターネットを開き、急いで「いなり寿司　違い」と打ち込んだ。

「東のいなり寿司は俵型で、油揚げは甘じょっぱく、酢飯にはほとんど具材を入れない。西のいなり寿司は三角形で、油揚げは出汁が効いていて、具材の入った酢飯を詰める……あああっ、そうかぁ〜！」

私は頭を抱えた。私が作ったのは、関東風いなり寿司。宇迦之御魂大神さんがご所望だったのは、関西風いなり寿司だったに違いない。

いなり寿司の形が東西で違うのは、東では、いなりは稲の荷物である俵を表した俵型で、西では、いなりのお使いであるキツネの耳が三角なので三角形――などという説があるらしい。

「あれっ？　でも、お母さん、京都出身なのに、なんで関東風のいなり寿司を作っていたんだろう？」

疑問に思ったので、すぐにメッセージアプリで聞いてみると、「お父さんが東京の人だから、お義母さんに教わった関東風を作っていた」という答えが返ってきて、納得した。「おばあちゃんのいなり寿司は違ったけど、それがどうかした？」と、尋ねられたので、「ちょっと気になっただけ」と簡単に返事をする。

「宇迦之御魂大神さん、きっと、関西風のいなり寿司が食べたかったんだと思います」

私とお母さんのやりとりを見ていた八束さんに説明をしたら、八束さんは「なるほどな」と顎に手をあてた。

「明日、もう一度、ホヅミ君が取りに来るらしいので、それまでに作っておかないと」

「なら、お前は、明日は一日、仕事を休んだらいい」

「いいんですか？」

「店は俺一人でも大丈夫だ。構わない」

八束さんの厚意に、素直に甘えることにした。

そして、翌朝。私は急いでスーパーに行き、再び、いなり寿司の材料を買ってきた。

「油揚げと、にんじん、ごぼう、柚子、白ごま……よしっ」

調理台の上に並べた材料を見て、腰に手をあてる。レシピは、昨夜のうちに、電話でおばあちゃんに確認してある。

油揚げは三角に切って油抜きをし、出汁、薄口醤油、砂糖、酒で煮る。合わせ酢をかけた酢飯に、細かく切って薄口醤油と砂糖で煮たごぼうとにんじんを混ぜ込み、おろした柚子の皮と、ごまを加えた。酢飯が完成すると、油揚げに詰めて、三角形に形作った。

「よしっ、できた！」

一つ摘まんで味見をする。油揚げから染み出した甘い出汁と、酢飯の柚子の香りが相まって、いいあんばいだ。

完成したいなり寿司を重箱に詰めていると、店から八束さんの声が聞こえてきた。

「真璃。ホヅミが来たぞ」

「はーい！　今、行きます！」

重箱と風呂敷を手に取り、戸を開ける。段差で靴を履き、急いで店に入ると、ホヅミ君が待っていて、私に向かってぺこりと頭を下げた。

「真璃さん。こんにちは。宇迦之御魂大神様のお使いで、おいなりさんを取りに来ました」

「ホヅミ君。何度も来てもらってごめんね。宇迦之御魂大神さんのご所望のいなり寿司って、これでよかったかな？」

私は、重箱の蓋を開けると、前屈みになり、ホヅミ君に中身を見せた。ホヅミ君が重箱の中をのぞき込み、こくこくと頷く。

「そうです、三角形のものです！　おいしそうだなぁ～。これならば、宇迦之御魂大神様も喜ばれると思います」

私はほっとして、重箱の蓋を閉めると、蓋が開かないようにしっかりと風呂敷で包んだ。

その様子を見ていたホヅミ君がぽつりとつぶやいた。

「いいなぁ。僕もおいなりさんを食べてみたいです」

「ホヅミ君、いなり寿司を食べたことがないの？」

油揚げはキツネの好物だと言われている。実際のキツネは食べないだろうけれど、霊狐のホヅミ君なら食べることもあるのではないかと考えながら尋ねると、ホヅミ君はしゅんとした様子で答えた。

「はい。宇迦之御魂大神様のお使いで、先代の店主様の時から『七福堂』に取りに来ていますが、僕は食べたことがないのです」

耳も尻尾も、しょんぼりと垂れ下がっている。

「そうなんだ……」

「いつか、お腹いっぱい食べてみたいものです」

せめて香りだけでも堪能したいというかのように、ふんふんと鼻を動かしているホヅミ君を見て、突然、妙案が閃いた。

「ホヅミ君！　それなら、私に力を貸してくれない？」

ホヅミ君の前にしゃがみ込み、つぶらな瞳を見つめる。

「そうしたら、私が、ホヅミ君にお腹いっぱいいなり寿司を食べさせてあげる！」

私の言葉に、ホヅミ君が、目をぱちぱちと瞬かせた。

「本当ですか？」

「うん！　稲荷山には、他にも霊狐がいるんだよね？　できれば、その方たちにも、手伝ってもらえると嬉しい。皆の分も作るから！」

「何やらよくわかりませんが、それでしたらお手伝いします」

ホヅミ君はいなり寿司が食べられることが嬉しいのか、パタパタと尻尾を振った。

❖

翌々日。『七福堂』を臨時休業にし、私と八束さんは再び『梅小路公園』を訪れた。今日はどんよりとした空模様で、少し肌寒い。

「ホヅミ君。皆を連れてきてくれて、ありがとうね」

私は隣に立つ、十歳ぐらいの男の子に声をかけた。ツイードのパンツに、からし色の薄手のコートという、品の良い格好をした男の子は、私を見上げて、にこっと笑った。

「いえ、お約束でしたから」

この男の子は、子ギツネの神使・ホヅミ君が人間に変化した姿だ。

「ホヅミ。今日、僕たちは何をしたらいいんだい？」

「広い場所ね」

「久しぶりに下界に来たから、遊びたくなっちゃう」

ホヅミ君の周りにいる十人の子供たち——七歳から十二歳ぐらいの男の子や女の子たちは、皆、稲荷山の霊狐だ。ホヅミ君は今日のために、特に仲の良い子ギツネたちを集めてくれたらしい。

「真璃さん。皆に説明をしてください」

ホヅミ君に促され、私は、皆の顔を見回した。

「今日は集まってくれてありがとう。皆にお願いしたいのは、このハンカチの持ち主がなくしてしまった、クマのぬいぐるみを探すこと。この公園の中にあるはずなの。私の力では見つけられなくて、皆の力を貸してほしい。そのクマのぬいぐるみは、和風の柄の生地で作られていて、十センチぐらいの大きさ。キーホルダーになっているの」

真面目な表情で話を聞いていた子供たちは、それぞれに頷いてくれた。

「わかりました」

「頑張って探すね！」

ホヅミ君が、私のほうへ手を差し出した。

「ハンカチの匂いを嗅がせてください」

私が渡したハンカチを顔に近づけ匂いを嗅ぐと、

「覚えました」

と言って、隣にいた男の子に手渡した。男の子も匂いを嗅ぎ、さらに隣にいる女の子に渡す。そうして全員がハンカチの匂いを嗅いだ後、

「じゃあ、行ってきます」

「行ってきまーす」

「何かわかったら教えるね～」

元気よく駆け出していった。

「なるほど。キツネの嗅覚を利用しようというわけか。考えたな」

「二人で探すにも限度があるので、人海戦術です」

腕を組んで私と子供たちの様子を見ていた八束さんに頷いてみせる。

キツネは嗅覚が優れているという。私は、ホヅミ君たちの力を借りて、萌ちゃんのクマのぬいぐるみを探し出すことを思いついた。ハンカチは萌ちゃんが愛用しているもので、昨日、布袋さんに店まで持ってきてもらった。

「さて、私たちも探しに行きましょう」

「稲荷山の霊狐まで引っ張り出してきたんだ。お人好しのお前に、今日も付き合ってやるよ」

つっけんどんで無愛想だけど、こうして手伝ってくれる八束さんは、優しい神様だと思う。

どうしてこんなに助けてくれるんだろう。本来なら、神様の八束さんは、『七福堂』のお客様のはずなのに。

そのことが不思議だった。

「真璃。俺は芝生広場と河原を探すから、お前は遊具のある広場を探せ」

八束さんに指示をされ、私は頷くと『すざくゆめ広場』に向かって駆け出した。

『すざくゆめ広場』に着くと、探しものの手伝いをしてくれていたはずの霊狐の子供たちが数人、歓声を上げながら遊んでいた。楽しそうな遊具の誘惑に抗えなかったのかもしれない。

まあ、小さい子たちだし、仕方ないか。

私は微苦笑を浮かべた。

微笑ましい気持ちで子供たちを眺めた後、「さあ、クマのぬいぐるみを見つけないと」と気合いを入れて、探索を始める。

以前探した時は遊具の周りにはなかったから、今日は花壇や植え込みを重点的に調べてみよう。

「クマ、クマ……クマさーん、どこにいるんですかー？」

「真璃さん」

ぬいぐるみが返事をするはずがないのに、呼びながら探し回っていると、後ろから声をかけられた。振り返るとホヅミ君が申し訳なさそうな顔で立っていた。

「どうしたの？　ホヅミ君」

「クマのぬいぐるみ、まだ見つかりません。それに、うちの小さな子たちが、役目を放り出して遊んでいてすみません」

ぺこりと頭を下げられ、慌てて両手を横に振る。

「いいよ。無理を頼んだのはこっちのほうなんだし。皆、楽しそうだね」

アスレチックを登っている子供たちに視線を向け、目を細める。

「僕たちは、普段はお山から離れることもないので、下界に来たのが嬉しいのだと思います」

子供たちを見つめるホヅミ君のまなざしは優しい。

「あの子たちの分も、僕が頑張りますね」

「頼りにしてるね」

ガッツポーズをとったホヅミ君の肩を、ぽんと叩く。

「どう？　この広場に、ぬいぐるみ、ありそう？」

キツネの嗅覚で何かわからないだろうかと聞いてみると、ホヅミ君はひくひくと鼻を動かした。

「この場には、ハンカチと同じ匂いはしていないような気がします」

「そっか。じゃあ、別の場所に移動しよう」

「僕もお供します」

ホヅミ君と一緒に遊歩道を戻る。途中で森のほうへと入り、木々の間を歩いた。ホヅミ君は注意深く周囲を見回し、時折、匂いを嗅ぐようなしぐさをする。私も地面を見つめ、あやしいと思った茂みなどを調べながら進んでいくと、人工の河原へ出た。

「今日は少し寒いから、ここには人があまりいないね」

子供が一人、母親に見守られながら、手を水につけて遊んでいた。おそらく夏は、水遊びをする子供たちも多い場所なのだろう。

ホヅミ君と一緒に、河原に沿って歩く。すると、前方に、ぬいぐるみを探している八束さんを見つけた。

「あっ、八束さん」

軽く手を振ると、向こうもこちらに気が付き、近寄ってくる。

「そっちも、まだ見つかっていないみたいですね」

「ああ。手がかりなしだ」

どうしよう。簡単には見つけにくいところにあるか、やっぱり誰かが持っていっちゃったのかな……。

一瞬、諦めの気持ちがよぎったけれど、ダメダメと頭を振る。

萌ちゃんと約束したんだから、弱気になっている場合じゃない！

その時、さあっと風が吹いた。肌寒く感じたので、ボタンを留めずに開けていたカーディガンをかき合わせる。

「んんっ？　この匂い……」

ホヅミ君が、宙に向かって顔を上げた。

「ホヅミ君、もしかして……」

「はい。ハンカチと同じ匂いが風に乗って、僅かに漂ってきました」

「どこから？」

勢い込んで尋ねると、ホヅミ君はもう一度鼻を動かし、川に向かって指を差した。

「あのあたりです！」

川の中に、四角く加工された平たい石が、いくつか配置されている。石の上は雑草が繁っていて、見通しが悪い。

「わかった！」

私はスニーカーと靴下を脱ぐと、ロングスカートの裾をたくし上げ、ぎゅっと結んだ。はしたないけれど、そんなことを言っていられない。

「真璃！　まさか、川に入るつもりか？」

「はいっ」

スニーカーを河原に置き、水の中に足を入れ、じゃぶじゃぶと歩いていく。すぐに八束さんとホヅミ君が追いかけてきて、一緒に探してくれる。

石に辿り着くと、草をかき分けて、クマのぬいぐるみを探した。

そしてついに、

「あったぁ！」

私は歓声を上げた。草の間に、赤い和柄のクマが落ちていた。急いで拾い上げ、確認する。布袋さんはキーホルダーだと言っていたけれど、キーホルダーの金具ではなく、ボールチェーンが付いていた。チェーンがコネクターから外れていたので、輪に戻そうと引っかけてみたら、コネクターに隙間が空いていて留まらなかった。

コネクターがやわだったから、萌ちゃんのリュックから落ちてしまったんだ。

チェーンを引っかけた状態でコネクターを爪の先で押し、隙間を閉じると、ようやくチェーンは輪の状態になった。

「よかったな」

振り返ると、八束さんが口元に笑みを浮かべていた。

「俺は、お前が途中で諦めると思っていた」

感心したような口調で褒められ、やり遂げた気持ちで嬉しくなる。

「見つかってよかったですね、真璃さん」

「ありがとう！　ホヅミ君たちが手伝ってくれたおかげだよ。さすが、神様のお使いの霊狐（れいこ）だね」

ホヅミ君の小さな手を、感謝を込めてぎゅっと握ると、ホヅミ君は照れくさそうな顔をして、もう一度「よかったです」と笑った。

クマのぬいぐるみが見つかった翌日、布袋さんがさっそく、萌ちゃんを連れて『七福堂』にやってきた。

「萌のぬいぐるみが見つかったって？」

店に入ってきた布袋さんは、開口一番、前のめりな口調で問いかけた。

「布袋、来たか。真璃、出してやれ」

「はいっ！　『梅小路（うめこうじ）公園』に落ちていました」

八束さんに促（うなが）され、レジカウンターの下にしまっていたクマのぬいぐるみを取り出す。

「これで間違いないですか？」

「そうだよ！　これだ！」

私が差し出したぬいぐるみを見て、布袋さんは弾んだ声を上げた。手を繋いでいた萌ちゃんを見下ろして、優しく声をかける。

「萌。ぬいぐるみが戻ってきたよ」

私は萌ちゃんの前にしゃがみ込み「はい、どうぞ」と言って、ぬいぐるみを握らせた。

「クマさんだぁ！」

萌ちゃんが、大切な友達にするように、ぬいぐるみに頬ずりをした。嬉しそうな様子を見て、胸の中があたたかくなる。

よかった。本当によかった……！

「河原の近くにあったんです。水の中に落ちていなくて幸運でした」

私の言葉に、布袋さんが目を丸くした。

「河原？　そんなところに？　萌、もしかして、水遊びをしていたのかい？」

布袋さんの問いかけに、萌ちゃんは「うん」と頷いた。

「お水、つめたくてきもちよかった」

「そういえば、公園に行った日は、天気が良くて暖かかったね」

布袋さんは納得した様子だ。

「うーん、他の小さな子たちを見ていたからとはいえ、子供から目を離したらダメだね。反省したよ」

布袋さんが引き取った子供たちの中には、萌ちゃんより小さな子がいるみたいだ。

「萌。今度から、一人で危ないところに行っちゃダメだよ」

布袋さんが萌ちゃんの頭に手を置くと、萌ちゃんは素直に「はい」と返事をした。叱られたと思ったのか、少し元気がなくなってしまった。娘のそんな様子に気が付き、布袋さんは腰をかがめて萌ちゃんと視線を合わせると、髪を撫でた。

「怒っていないさ。お父さん、萌が大切だから心配なんだ。——萌はいつもいい子だけど、遠慮はしないで。お父さんを頼ってほしいな」

萌ちゃんは、じっと布袋さんを見つめている。

布袋さんは萌ちゃんの手からクマのぬいぐるみを取り上げ、背中側に回り、リュックに取り付けた。

「さあ、萌の大切なお友達は、萌のところに戻ったよ。また一緒にいられるね」

「あっ、布袋さん！　チェーンを付けるなら……」

私は急いで、レジカウンターの下からペンチを取り出した。萌ちゃんのリュックに掛けられたボールチェーンのコネクターを念入りに潰す。これでもう、チェーンが外れることはないはずだ。

「クマさんは、ずっと萌ちゃんと一緒だよ」

私が笑いかけると、萌ちゃんは可愛らしく頭を下げた。

「ありがとう。おねえちゃん」

「さあ、萌。帰ろうか」

布袋さんが萌ちゃんの手を握った。萌ちゃんは布袋さんの顔を見上げ、「あ……」と何か言いかけた後、口をつぐんだ。

どうしたのかな？　布袋さんに、何か伝えたいことがあるの？

萌ちゃんは顔を動かすと、『七福堂』で販売しているクマのマスコットに目を向けた。すぐに前に向き直ったものの、俯（うつむ）きがちに、やはりちらちらとクマのマスコットを見ている。

「萌？」

歩き出さない萌ちゃんに、布袋さんは不思議そうな顔をしていたけれど、私はピンときた。

「萌ちゃん、もしかして、あのクマのマスコットが欲しいの？」

そっと問いかけると、萌ちゃんの頬が恥ずかしそうに赤くなった。

「どういうことだい？」

「萌ちゃんは、新しいお父さんにも、同じものを買ってもらいたいんですよ」

首を傾げた布袋さんに、萌ちゃんの気持ちを代弁する。

「そうなのかい？　萌」

目を丸くした布袋さん。萌ちゃんは小さく頷いた。

「いくらでも買ってあげるよ！」

布袋さんは嬉しそうに笑うと、萌ちゃんの手を引き、クマのマスコットがぶら下げられたラックのもとへ歩み寄った。

「さあ、好きなものを選びなさい」

促され、萌ちゃんは迷うことなく、赤いクマを手に取った。

「それがいいのかい？　真璃、これをもらうよ」

布袋さんが振り向き、朗らかな声で私を呼ぶ。私は萌ちゃんのそばに近づくと、その手から、赤いクマを受け取り、

「これも、リュックに付けておいてあげるね」

実の両親に買ってもらったというクマのぬいぐるみと一緒に取り付けた。萌ちゃんの背中で、赤いクマが仲良く二つぶら下がる。

「萌ちゃん。布袋さんに買ってもらってよかったね」

私が声をかけると、萌ちゃんはもじもじとした様子で布袋さんを見上げた。

「ありがとう。おじさん……おとう、さん」

布袋さんは一瞬目を丸くし、破顔した。

親子が『七福堂』を出ていった後、私は、感動した気持ちで八束さんに話しかけた。

「萌ちゃん、布袋さんのこと、お父さんって呼んでいましたね。よかった……！」

「そうだな」

八束さんも、感慨深げな顔をしている。

「布袋さんにクマのマスコットを買ってもらいたかったのは、萌ちゃんのささやかなわがままだったんでしょうね」

布袋さんは萌ちゃんのことを、遠慮をしてわがままを言わない子だと話していた。けれど、萌ちゃんの心の中で、布袋さんはとっくに信頼できるお父さんになっていた。きっとこれからは、甘えたり、わがままを言ったりしながら、家族としての絆を築いていくのだろう。

布袋さんって、素敵な神様だな。

「布袋家がいつまでも幸せでありますように」

私が囁いた願いごとが聞こえたのか、八束さんが優しく微笑んでいた。

❖

萌ちゃんのぬいぐるみの件が解決した、次の定休日。

「真璃さん、これ、とってもとってもおいしいです！」

「もっと食べたいです！」

「おいなりさん、最高！」

「なくなっちゃいましたよ～」

町家の座敷は、もふもふたちで溢れていた。

「えっ！　もう全部食べちゃったの？」

台所に立っていた私は目を丸くする。

今日は、ホヅミ君との約束通り、クマのぬいぐるみ探しを手伝ってくれた報酬として、神使の子ギツネたちに、いなり寿司を振る舞っている。

子ギツネたちは、私が大量に作って用意しておいたいなり寿司を、あっという間に平らげてしまった。

「もうないんですか？」

「足りないです～」

「おいなりさん、おいなりさん！」

行ったり来たりしたり、ぴょんぴょん跳びはねたりしている子ギツネたちで、居間はいっぱいだ。その片隅に狭そうに座っている八束さんは、必死に酢飯を油揚げに詰めている私を見て、くっくっと笑っている。

「待って、今、追加で作ってるから！」

「早く早く～」

「私、まだ二個しか食べてない！」

「僕はまだ一個です！」

子ギツネたちの数が多いので、どうしても、一人あたりのいなり寿司が少なくなってしまう。

クマのぬいぐるみ探しに付き合ってくれた子たちより、今日、来てる子、数が多い気がするんだけど……。

腑に落ちないものの、仕方がない。

「八束さんも、笑っていないで、手伝ってくださいよ！」

悲鳴のような声で八束さんに頼んだけれど、八束さんは腰を上げようとしない。

「お前がホヅミと約束したことだろう」

ぐぬぬ……。

冷たい八束さんに悔しい思いをしつつも、超特急でいなり寿司を握る。完成した端から、子ギツネたちが皿からいなり寿司を咥えていく。

「絶品ですっ」

「最高ですっ」

こんなに喜んでもらえると、作りがいがあるなぁ。

おいしそうに食べている子ギツネたちを見て、嬉しい気持ちになった。

ちょこちょことそばに寄ってきたホヅミ君が、ぺこりと頭を下げた。

「ありがとうございます。真璃さん。僕たちのためにおいなりさんを作ってくださって」

「どういたしまして。ホヅミ君。これからも、いなり寿司が食べたくなったら、いつでも『七福堂』に来てくれたらいいからね」

「はいっ」

私の誘いの言葉を聞いて、ホヅミ君は、尻尾をぶんぶんと振った。

第五章　ハッピー？　バースデー

「ふふん、ふふ～ん。今日の朝ご飯は、高級食パン～♪」

「何、下手くそな歌を歌ってるんだ？　真璃」

鼻歌交じりに朝食の準備をしていたら、二階から下りてきた八束さんに呆れられた。

「お前、音痴だな」

「八束さん、失礼！」

歯に衣着せぬ物言いにムッとする。

「顔洗ってくる」

私の文句を聞き流し、八束さんが洗面所へと入っていく。私はその背中に向かって頬を膨らませた後、気を取り直し、調理台のほうへ体を向けた。

目の前に置かれているのは、普段は買わない高級食パン。昨日、百貨店に行った時、催事で来ていたのを見かけ、ついふらふらと手に取ってしまった。

ホヅミ君の体の色のようなパンに、包丁を差し込む。弾力があって、気を付けて切らないと、形が歪んでしまいそう。

均等な大きさにはならなかったものの、二枚分を切り分け、それぞれ皿に載せる。ハンドドリップでコーヒーを淹れた後、冷蔵庫から、十四センチほどの大きさのチューブを取り出した。一見ハンドクリームのような外見だけれど、化粧品ではない。かければなんでもモンブランになるという、洋菓子店『京都北山マールブランシュ』の『モンブランクリーム』だ。

「これ、ずっと気になっていたんだよね」

うきうきした気分でパンとコーヒー、スクランブルエッグとサラダ、『モンブランクリーム』を居間のローテーブルへ運ぶ。

食卓が整うとほぼ同時に、八束さんが洗面所から出てきた。彼が座布団に腰を下ろしたので、私も向かい側に座る。

十一月に入ってから、このローテーブルはこたつへと変身した。おばあちゃんは、元々こたつのテーブルだったものを食事用に使っていたのだ。布団をセットして、ローテーブルは本来の姿に戻ったというわけだ。

最近は、朝が冷え込むようになったので、こたつの中に足を入れると、じんわりと暖まって気持ちがいい。

「いただきます」

「いただきまーす」

「……で、これはなんだ？」

八束さんがさっそく『モンブランクリーム』に興味を示し、チューブを手に取った。

「それは、モンブラン味のクリームなんですよ。いろんなものにかけられますけど、パンに塗って食べてみようと思って。貸してください」

八束さんの手からチューブを取り上げ、蓋を開けて、食パンの上にクリームを絞り出す。ぱくっと齧り付くと、ラム酒の効いた栗の味が口の中に広がり、まさにモンブランだ。

「食パンのほのかな甘さと、栗の味が相まって、ん～っ、おいしい！　お酒の風味が強いので、大人の味ですねぇ。八束さんも食べてみてください」

チューブを八束さんに渡し、勧めてみる。八束さんは奇妙なものを見る目を向けながらパンにクリームを載せ、口を開けた。

「……うまいな」

八束さんの垂れ目が大きくなる。

「ですよね！　『マールブランシュ』のお菓子、私、好きなんですよ。お茶を使ったお濃茶ラングドシャの『茶の菓』もおいしいですよ。東京にいた頃、おばあちゃんが時々、送ってきてくれたんですよね」

「へえ……」

八束さんは、私の話に、関心があるのかないのかわからない様子で相槌を打ちながら、パンに山盛りにクリームを載せている。どうやら『モンブランクリーム』はお気に召したようだ。

「『マールブランシュ』って、『加加阿365』っていう別ブランドも展開していて、祇園にお店があるんですけど、お店と同じ名前の『加加阿365』っていうチョコレートが面白いんです。なめらかなチョコレートを薄いチョコレートで包んだお菓子で、京都の風物詩にちなんだ紋が描かれているんですよ。紋は三六五日、柄が変わるんです。自分の誕生日の紋がどんなのか、気になりません？　私、実は、次の定休日が誕生日なんですよね。チョコレート買いに行こうかな」

「俺の誕生日は不明だから、気にならないな」

八束さんの反応は素っ気ない。

「じゃあ、八束さんは、誕生日パーティーとか、ケーキ食べたりとか、したことないんですか？」

私の疑問に、八束さんはあっさりと「ないな」と答えた。

神様だから、誕生日をお祝いしたことがないのか……。

それは少し寂しいような気がする。

「真璃。パン、まだあるか?」

ぼんやりとしていた私は、八束さんに呼ばれて我に返った。

「まだたくさんありますよ」

慌てて立ち上がり、台所へ入る。一旦、ビニール袋に入れてしまっていた食パンを取り出し、一切れ切り分ける。それから少し悩んで、追加でもう一切れ切り分けた。

私もおかわりしちゃおう。朝ご飯はしっかり食べたほうがいいよね。

十一時になり、『七福堂』はいつも通り開店した。あちこちで紅葉が始まり、近頃は観光客がぐっと増え、祇園も賑わっている。『七福堂』にも、午前中からお客様の出入りが激しい。

昼を回っても忙しく、今日の納品のチェックは、閉店後か、明日の開店前かな……などと考えていたら、ふっとお客様が途切れた。

今のうちに、陳列、整えておこう。

先ほど女性観光客たちが広げていた小風呂敷を綺麗に畳んでもとに戻していると、

「お邪魔しますよ」

柔らかな老人の声が聞こえ、暖簾が揺れた。振り向くと、今日は抹茶色の着物を着た寿老人さんが、好々爺の笑みでこちらを見ていた。

「お初にお目にかかりますよ。あなたが新しい『七福堂』の店主ですね」

上品に頭を下げた寿老人さんに、呆気にとられてしまう。

初めまして？　寿老人さん、何、言ってるんだろう。今日はツンツンしていなくて、やけに丁寧。いつもは洋装なのに、今日は和装だし……。

普段とは違う様子の寿老人さんを不思議に思っていたら、

「邪魔をする」

寿老人さんの後ろから、もう一人、寿老人さんが入ってきた。

「え、ええっ？　寿老人さんが二人？」

思わず指を差し、素っ頓狂な声を上げる。サンプルのお香に火を点けていた八束さんが、そんな私を見て、ぷっと噴き出した。

「福禄寿、真璃に自己紹介をしてやれ」

八束さんが和装の寿老人さんに声をかける。すると和装の寿老人さん——福禄寿さんは、

「ふふっ」と軽く笑い声を上げた。

「驚かせてしまいましたか？　私は七福神の福禄寿。『幸福』『封禄』『長寿』を授ける、道

教の神です。南極星の化身とも言われておりますね。かつては寿老人と同一視されたこともありました」

福禄寿さんは親しげに寿老人さんに目を向けたが、寿老人さんは、「ふん」と鼻をならした。

「繁昌真璃です。先代の城山百合子からお店を継ぎました。ふつつか者ですが、よろしくお願いします」

自己紹介を受けたので、私も名乗って頭を下げる。

「小娘、茶を所望する」

さっさと、お客様用テーブルへつこうとしている寿老人さんは、いつもながらマイペースだ。私は急いで、台所からお菓子を取ってきた。今日のお茶菓子は、朝、八束さんとも話していた『京都北山マールブランシュ』の『茶の菓』だ。

寿老人さんの前に『茶の菓』の入った籐のカゴを置くと、寿老人さんはさっそく手を伸ばして取り上げ、個包装の袋を破った。深緑色のラングドシャを口に入れ、味わうように目を閉じている。

「茶の風味とホワイトチョコレートのバランスが絶妙じゃのう……」

「どれ、私も一枚いただきましょうかね」

福禄寿さんも寿老人さんの向かい側に座り、『茶の菓』を手に取る。もぐもぐとお菓子を食べている老人たちに、私はお茶を煎れてあげた。

「寿老人、福禄寿。菓子を食ったら早く帰れよ。うちは今、かき入れ時なんだ」

くつろいでいる二人に、八束さんが無愛想に声をかける。

せっかく来られたというのに、ちょっと冷たい。

福禄寿さんは、のほほんとした様子で、「すみませんね」と微笑んだ。

「お菓子をいただいたら、帰りますよ。——その前に、一つ、真璃さんにお願いがあります」

お茶をずっと飲んだ後、福禄寿さんが私を見上げた。

お願いごと？

「なんでしょう？」

「実は、最近、寿老人が『古都むすめ』というアイドルにハマっていましてね」

『古都むすめ』？　どこかで聞いたことがあるような……。

「ああ！　京都のローカルアイドルですね！　京都の大学に通っている現役女子大生の二人組でしたっけ」

ぽんと手を打つ。福禄寿さんが「そうそう」と頷いた。

「その『古都むすめ』が、今度、新作しーでぃー購入者限定のライブイベントとやらを開くらしいのですよ。寿老人はそのライブイベントに、どーしてもどーしても行きたくて行きたくて仕方がないのだそうです」

寿老人さんの顔を見ると、恥ずかしいのか、真っ赤になっている。けれど、福禄寿さんの話を止める様子はない。

「でも、私たちは『七福堂』以外の店のことを、あまり知らないのですよね。どこでしーでぃーとやらを買えばいいのかわからなくて、困っているのです。それで、真璃さんに代わりに買ってきてもらえないかと思いましてね」

しーでぃーって、CDのことだよね。それなら、河原町（かわらまち）にCDショップのチェーン店があったはず。

「はい、いいですよ」

私は二つ返事でOKした。

「引き受けてもらえますか。思いきって頼んでみるものです。よかったですね、寿老人」

福禄寿さんは寿老人さんを見てにこにこと笑っているが、寿老人さんは、

「……わざわざ小娘に頼まずとも、別にいいと言ったのに………」

何やら、ぶつぶつとつぶやいている。

「発売日はいつなんだろう？　ええと……」

私はレジカウンターへ入ると、置いてあったノートパソコンで、『古都むすめ』の新作CDの発売日を調べた。ちょうど、私の誕生日――次の『七福堂』の定休日だ。

「来週の定休日に発売日が重なっているので、私、その日に行って買ってきますね」

任せてくださいと胸を叩いたら、福禄寿さんは「それでは、頼みますね」と念を押し、寿老人さんに向かって、もう一度、「よかったですね」と、笑いかけた。

寿老人さんと福禄寿さんが、お茶を飲んで店を出ていった後、私は手早くお菓子と湯飲みを片付けた。テーブルをふきんで拭きながら、八束さんに声をかける。

「アイドルが好きなんて、寿老人さん、意外にお茶目なところがありますね」

偏屈なおじいさんだと思っていたのに、ミーハーなんだ。それに、「寿老人さんのためにCDを買いに行ってほしい」と、私に頼みに来るなんて、福禄寿さんって、寿老人さん想いなんだな。

仲の良い道教の神様たちが微笑ましい。

「今回の依頼は『神の御用達』の役目から外れているような気がしないでもないが……」

八束さんは腕を組んで難しい顔をしているけれど、私は笑い飛ばした。

「まあ、いいじゃないですか。CDを買いに行くぐらい、お安いご用ですよ」

「真璃はお人好しだよな」

「そうですか？」

私、お人好しなのかな？　よくわからないけど、人が喜んでくれると嬉しいのは確か。

「わぁ！　可愛い！」

「お店の中、いいにおーい！」

店に修学旅行生が入ってきた。ブレザーの制服を着た女の子たちが弾んだ声を上げている。

「いらっしゃいませ！」

私は八束さんとの会話を切り上げると、彼女たちに笑顔を向けた。

❖

誕生日がやってきた。今日は、福禄寿さんに頼まれたＣＤを買いに行く予定だ。

朝食を作ろうと階下へ下りると、こたつの上にメモが置いてあり、八束さんの文字で「出かけてくる。朝飯は適当に食った」と書かれていた。

こんな朝早くから、どこへ行ったのかな。せっかく誕生日なんだし、「おめでとう」ぐらい言ってほしかったな……。

あれ？　私、期待が外れて拗ねてる？　うーん……。

気を取り直し、トーストを作って食べる。普段なら、卵料理を添えたり、ベーコンやウィンナーを焼いたりするのだけれど、八束さんがいないと、途端に料理をする気が失せるので不思議だ。

午前中は、録り溜めていたドラマを見てのんびり過ごし、昼食を食べた後、CDショップへ行くために、家を出た。路地を抜けて四条通のアーケード下まで来ると、『七福堂』の前に福禄寿さんが立っていた。

「あれっ？　福禄寿さん？　どうしたんですか？」

福禄寿さんは、今日も抹茶色の着物姿だ。私の顔を見ると、祖父が孫に見せるような顔で微笑んだ。

「真璃さん、こんにちは。私も、しーでぃーとやらを売っている店に行ってみたいと思いましてね。後学のために。ご一緒してもいいですか？」

興味津々の目をしている福禄寿さんに、私は快く返事をした。

「もちろん！　一緒に行きましょう！」

福禄寿さんと肩を並べ、祇園商店街を歩き出す。

南座の前を通り過ぎ、四条大橋を渡る。橋の上はたくさんの人が行き交っていた。先週は冷え込んだので紅葉が進んだと、今朝のニュースで耳にした。週末はきっと、さらに観光客が増えるだろう。

「真璃さんは、『神の御用達』として頑張っているようですね。神たちの間で評判になっていますよ。新しい『七福堂』の店主は見込みがあると」

福禄寿さんは歩きながら、驚くようなことを言った。

「私、神様たちの間でそんな風に言われているんですか？」

「そうですよ。特に、大黒天が『真璃ちゃんは良い子だよ』と、あなたのことをべた褒めしていますね。宇迦之御魂大神さんも、『新しい店主のおいなりさんは絶品だった』と、喜んでおられたそうです」

「宇迦之御魂大神さん、いなり寿司、喜んでくれたんだ……」

最初は間違って関東風を作ってしまったけれど、作り直した関西風は気に入っていただけたと知ってほっとした。

「この調子で頑張ってくださいね。皆、あなたに期待していますよ」

「……でも、寿老人さんには認めてもらえていないんです。どうしたらいいですかね……」

しゅんとした気持ちで福禄寿さんに相談すると、福禄寿さんは「おや？」と、意外そうな顔をした。

「寿老人も、あなたに一目置いていると思いますよ。だからあの人は『古都むすめ』にハマっているのです」

「どういうことですか？」

「ふふ。『古都むすめ』を見ればわかりますよ」

以前、テレビに『古都むすめ』が出演しているのを見たことがある。歌のうまい可愛い女子大生二人組、という印象だった。

『古都むすめ』を見ればわかるってどういう意味なのかな。

福禄寿さんは、百聞は一見に如かずとでもいうように、それ以上は教えてくれない。

四条河原町の交差点まで来ると、北へと曲がった。若者向けの商業施設の中に、ＣＤショップが入っている。

「ええと、上のほうの階ですね」

ワンフロアを使用したＣＤショップへ辿り着くと、私は目的のＣＤを探して、店内を見て回った。福禄寿さんは、興味深く周囲をきょろきょろ見回しながら、私の後ろについて来る。

Ｊ－ＰＯＰの棚の前まで来ると、一角に『古都むすめ』のコーナーがあった。今日発売の新作ＣＤのポスターが貼られている。ポスターの中で、ロングヘアの大人びた綺麗な女の子と、ボブヘアの溌剌とした笑顔の女の子が、八坂の塔が見える坂の途中で、ポーズをとっていた。

「ＣＤ、これですね」

私は、ポスターと同じ写真が使われているジャケットのＣＤを、二枚手に取った。一枚は寿老人さんの分、もう一枚は福禄寿さんの分だ。

「じゃあ、私、買ってきますね」

福禄寿さんにその場で待っていてもらい、レジに行って会計を済ませると、目的の「イベント参加券」を無事に手に入れることができた。

「福禄寿さん、お待たせしました」

私は、Ｊ－ＰＯＰの棚の前にいる福禄寿さんのもとへ戻り、購入したＣＤと参加券の入った袋を手渡した。

「ありがとうございます。寿老人も喜びます。これは、代金です」

袋を受け取った福禄寿さんは、律儀(りちぎ)にお金を渡してくれる。

私たちはＣＤショップを後にし、エスカレーターで階下へ向かった。

「真璃さん、先ほどの店で、寿老人が『古都むすめ』にハマっている理由がわかりましたか？」

商業施設の外へ出ると、福禄寿さんがおもむろに問いかけてきた。

ＣＤショップに、ヒントのようなもの、あったかな？　気が付かなかった。

「わかりません」

福禄寿さんがビニール袋から一枚ＣＤを取り出し、首を振った私の目の前に掲げてみせる。そして、おじいさんらしい皺の入った指で、ボブヘアの女の子を指し示した。

「このお嬢さん、カエデさんというのですが、似ているでしょう？」

「誰にですか？」

「真璃さんにです」

「はい？」

意外なことを言われて、目を丸くする。

「私、こんなに可愛くないですよ？」

「確かに、そっくりではありませんが、髪型とぱっちりとした目、何より明るい笑顔が似ています。真璃さんとカエデさんは同じ雰囲気を纏っているのです」

福禄寿さんにそう言われても、私本人はよくわからない。

「そう……なんですか？」

「ええ。そして、カエデさんはとても頑張り屋さんなのですよ。彼女はダンスが苦手らしくて、毎日のレッスンを欠かさないのだとか。バラエティー番組で何を聞かれてもいいように、本もたくさん読んでいるそうです。もちろん、大学の勉強もしっかりとこなされているようですね」

「すごい……努力家なんですね」

私は彼女ほど努力していないと思うのだけど。

微妙な顔をしていたら、福禄寿さんは優しい微笑みを浮かべた。

「自分はそんなことはない、などと思っていますね。いいえ、あなたは努力家です。突然『神の御用達』を継ぐことになり、戸惑ったでしょう。神たちは皆クセがあって、わがままですし、付き合うのも大変だろうと思います。大国主神の漠然とした願いごとも、あなたは見事に叶えましたよね。布袋尊の養い子にも、あたたかな気持ちで接したと聞いています。――寿老人は、一生懸命に頑張るあなたと、カエデさんを重ねているのですよ。だから、『古都むすめ』が好きなのです。つまり、寿老人が応援しているのは、あなたなのです」

寿老人さん、私のことを、そんな風に思ってくれているの？

嬉しい反面、「本当かな？」と疑う気持ちも残っている。何せ、寿老人さんは、私に対して、いつもツンケンしているから。

「寿老人はね、実は、あれで人見知りなのですよ。先代の百合子さんが『七福堂』を継いだ時も、最初は意地悪なことばかり言っていたのです」

意外な事実を聞いて、びっくりする。

「百合子さんが根気よく寿老人に付き合ってくれたから、仲良くなれたのですね。本当に、『七福堂』の娘さんたちは良い子ばかりです」

福禄寿さんは目を細めて、感心したような顔をしている。

「真璃さん、これからも『神の御用達（ごようたし）』として、私たちを助けてくださいね」

福禄寿さんに手を握られ、私は「はい！」と元気な声で返事をした。

せっかく河原町（かわらまち）に出てきたので、私と福禄寿さんは老舗（しにせ）の純喫茶に入り、コーヒーとお喋（しゃべ）りを楽しんだ後、別れた。

いつの間にか、時刻は十七時前だ。

今日は誕生日だし、チョコレートでも買って帰ろうかな。ごちそうも食べたいけれど、自分で自分のために作るのは、なんだか違う気がする。こういう時は、百貨店の豪華（ごうか）惣菜だよね。……そういえば、八束さん、晩ご飯はどうするつもりなんだろう？

そんなことを考えていたら、スマホがショルダーバッグの中で振動した。慌てて取り出して見てみると、液晶画面に表示されている名前は「白井典子（しらいのりこ）」――『Happy（ハッピー） Town（タウン）』の元副店長の白井さんだった。

白井さんとは、メッセージアプリでやりとりはしているけれど、お疲れ様会以来、会っていない。懐かしい気持ちで通話に切り替えると、明るい声が聞こえてきた。

「繁昌店長ですか？」

「白井さん、久しぶり！」

「お久しぶりです！」

「元気だった？　今、京都（きょうと）の店舗にいるんだよね？」

「はい、京都店で元気にしてますよ〜。繁昌店長、今日、お時間あったら、一緒に飲みに行きませんか？　確か今日は、店長のお誕生日でしたよね？」

白井さんが誕生日を覚えていてくれたことに驚き、嬉しくなる。

「うん、そう。よく覚えていたね」

「あたし、記憶力いいんですよ」

電話越しに、白井さんの自慢げな様子が伝わってくる。

白井さんと飲み会か……それもいいかも。白井さんは誕生日を覚えていてくれたけど、八束さんは何も言わずに出かけちゃったし、そもそも、晩ご飯がいるのかどうかもわからないし！

我ながら、ちょっと根に持っているなぁ……。まあいいや。白井さんと飲みに行こう。

「行く行く！」

「あたし、今日は早番だったので、今、仕事、終わったところなんです。三十分もすれば河原町に行けますので、百貨店の一階で待ち合わせでどうですか？」

「OK。私も、今、河原町にいるから、先に行って待ってるね」

「なるべく急いで行きますね〜」

私と白井さんは約束を交わすと、通話を終えた。

白井さんと会うのは久しぶりだから楽しみだなぁ。……あ、一応、八束さんに連絡しておいたほうがいいかな。

私はスマホを持ち直すと、メッセージアプリを開け、「今日は知人と飲んで帰ります」と、八束さんにメッセージを送った。すぐには既読にならなかったので、「そのうち、気付くでしょ」と、スマホをショルダーバッグにしまう。そして、弾む足取りで、四条河原町の交差点に建つ百貨店へ向かった。

百貨店でウィンドウショッピングをして時間を潰している間に、白井さんがやってきた。

一階で合流し、「元気だった？」「元気ですぅ〜」と挨拶を交わす。

「先斗町にいいお店があるから、そこに行こうか」

「はいっ！」

先斗町は、三条通の一筋南から四条通まで通じる、鴨川の西岸の細長い通りだ。町家が連なる風情漂う通りで、京都の花街の一つでもある。

「ぽんと」という面白い名前の由来は、「先端」を意味するポルトガル語の「ponta」からきている、とか、この場所が鴨川と高瀬川に挟まれているため、皮と皮に挟まれた鼓がポンと鳴る音にたとえられた、などという諸説があるらしい。

三条通側には先斗町歌舞練場があり、春には、芸舞妓が舞踊を披露する『鴨川をどり』が開催されている。

先斗町には飲食店が多い。私と白井さんはお喋りをしながら、敷石の道を歩き、目的の和食店へ向かった。

町家の暖簾をくぐり、店内に入ると、「おいでやす」と声をかけられ、カウンター席へ案内された。　白井さんと横並びに座り、さっそくメニューを広げる。

「繁昌店長、何を飲みますか？」

「日本酒かな」

「いいですねえ！」

熱燗を頼み、白井さんとお互いに注ぎ合う。

「ありがとう！　白井さんも、仕事、お疲れ様。ん～っ、おいしい！」

お酒に口を付け、頬に手をあてうっとりとしたら、白井さんが笑った。

「繁昌店長は相変わらず、お酒が好きですねえ」

「白井さん。私、もう店長じゃないよ」

「でも、あたしにとっては、いつまでも、尊敬している店長です」

嬉しいことを言ってくれる。

「異動先の店舗はどう？」

「スタッフも仲良しですし、売り上げもそこそこで、楽しくやってますよ」

「そうなんだ。よかったね！」

「繁昌店長は、今、何をしてらっしゃるんですか？」

「祖母が経営していた和雑貨店を継いだの」

「へえ！　和雑貨店！　素敵ですね」

「祇園（ぎおん）にあるから、遊びに来て」

「今度行きますね」

他愛ない話をしているうちに、注文していた料理が運ばれてくる。

お酒と料理に舌鼓を打ち、ほろ酔い気分になってきた頃、白井さんが思いがけない報告をした。

「あたし、実は今度、結婚することになったんです」

「えっ！　そうなの？　おめでとう！」

白井さんは、前の店に勤めていた時から、同棲している恋人がいるのだと言っていた。「付き合いも長くなったのに、彼がなかなか結婚を切り出してくれない」と相談されたことがあったので、ようやく話がまとまったんだと嬉しくなる。

「いつ挙式なの？」

「来年の春です。繁昌店長もぜひ結婚式に来てください」

「いいの？」

「大歓迎です！　そういえば、繁昌店長は、今、付き合っている人はいないんですか？」

楽しそうに尋ねられて、私は言葉に詰まった。咄嗟に八束さんの顔が思い浮かび、「いやいや、あの人は違うし」と内心で否定する。

「一緒に住んでいる人は……いるけど。シェアハウスみたいな感じ」

「えーっ、マジですか？　どんな人ですか？」

白井さんは興味津々だけど、同居人が実は神様だなんて言えないなぁ。

「イケメンだけど、変な人」

苦笑しながら、簡単に説明する。

「変な人？　うわー、ますます気になる」

がっつり食い付かれてしまった。八束さんについて当たり障りのない話をしながら、お酒は進む。

ひとしきり料理を食べ、お腹が膨れてきたので、そろそろ店を出ることにした。

お会計を済ませ、外に出たものの、このまま別れるのも、なんだか名残惜しい。

「白井さん、よかったら、二次会に行かない？　家のそばに、ピアノの生演奏をしてくれる素敵なバーがあるの」

弁天さんのバーへ誘ったら、白井さんは、一も二もなく「行きます！」と片手を挙げた。

先斗町をぶらぶらと歩き、四条通へ戻る。祇園に入り、『七福堂』の前まで来ると、「ここが私が経営している店で『七福堂』っていうの」と説明し、白井さんを路地の中へと導いた。白井さんは「秘密の場所って感じですねぇ」と言いながら、ついて来る。

自宅のはす向かいの町家へ行くと、中から微かにピアノの音が漏れていた。がらりと戸を開け、「こんばんは」と声をかける。バーカウンターの中にいた弁天さんが振り向いて、「あら、真璃ちゃん」と目を丸くした。

「弁天さん、今夜は知り合いを連れてきたんです」

「そうなの？　いらっしゃい」

弁天さんが白井さんに笑いかけると、白井さんが「すっごい美人」とつぶやいた。

『ノクターン』は、ダークブラウンを基調としたレトロな内装をしている。L字型のバーカウンターは、下に煉瓦がはめ込まれていてオシャレだ。壁には油絵が掛けられ、棚には様々なお酒のボトルが並べられていた。

飴色のアップライトピアノで、相良さんがジャズを弾いている。その様子を見て、白井さんが今度は「うわぁ、すっごいイケメン」とうっとりしたように息を吐いた。

カウンターの丸椅子に座った私は、弁天さんにカクテルを注文した。白井さんも同じものを頼み、再び二人でお喋りを始める。弁天さんは鮮やかな手つきでカクテルを作りながらも、何かを気にするように、私のほうへちらちらと目を向けてくる。

あまりにもこちらを見ているので気になり、

「弁天さん、どうかしましたか？」

と、尋ねたら、弁天さんは顔を寄せ、囁いた。

「……真璃ちゃん、今日は早く家に帰らなくてよかったの？　恵比寿、待ってるんじゃないの？」

「八束さんには、飲んで帰るって連絡を入れてありますよ」

ショルダーバッグからスマホを取り出し、メッセージを確認したら、返事は来ていなかったものの、ちゃんと既読になっている。

きょとんとしている私を見て、弁天さんは、軽く眉間に皺を寄せた。

「真璃ちゃん、今日、誕生日なのよね？」

「なんで知ってるんですか？」

「夕方に、路地で恵比寿に会ったのよ。釣り道具を持っていたから、『海にでも行っていたの？』って聞いたら、『明石に釣りに行っていた』って言っていたわ。『真璃が誕生日だから、おいしいものでも食べさせてやろうと思って』……ですって」

「えっ！」

私は目を丸くした。

八束さん、そんなことを言っていたの？

もしかして、朝から出かけていたのは、釣りに行くため？

「優しい同居人さんじゃないですか。早く帰ったほうがいいですよ」

横で話を聞いていた白井さんが笑顔で勧めてくる。

「わ、私……帰るね！　ごめん、白井さん！」

私はショルダーバッグを手に取ると、椅子から立ち上がった。店を飛び出しかけて、ハッと気が付き「弁天さん、お会計！」と叫んだら、弁天さんは、「お金はいいから、早く帰りなさい」と急かしてくれた。

「ありがとうございます！　付けておいてください！」

慌てて自宅に戻る。

「ただいま！」

居間へ入ると、こたつに座って本を読んでいた八束さんがこちらを向いた。――不機嫌そうだ。

「あ、あの、八束さん、私、今日は飲みに行っていて……」

「ごめんなさい」と言いかけたら、「メッセージが来ていたから知っている」とつっけんどんに返された。そして、ふいと顔を背けると、こたつから出て立ち上がり、本を手に、階段を上っていってしまった。

怒ってる？

しゅんとして、八束さんの背中を見送ることしかできなかった。

ショルダーバッグを下ろし、とりあえずミネラルウォーターでも飲んで酔いを覚まそうと冷蔵庫を開けたら、お刺身に、尾頭焼き、煮付け等々、たくさんの魚料理が入っていて、動きが止まった。

こんなにすごいごちそう……作って待っていてくれたんだ。それなのに、私、「おめでとう」も言ってくれないなんて拗ねていて——。

申し訳なさで、胸が苦しくなる。

私はそっと冷蔵庫を閉じると、階段へ向かった。

どう謝ろう。頭の中がぐるぐるする。重い足取りで二階に上がると、八束さんの部屋の前に立った。

「八束さん。ごちそう、ありがとうございます。誕生日、覚えていてくれて、すごく嬉しいです」

「………」

「勝手に飲みに行ってごめんなさい……」

返事はない。

「私っ……食べたいです！　八束さんの作ってくれたお料理、八束さんと一緒に食べたいです！」

心を込めて声を張り上げたら、ようやく反応が返ってきた。

「飲んで来たんだろう？　食べられないんじゃないのか？」

「食べられます！　私の胃袋は底なしです！」

「………………」

しばらくの間があり、八束さんが立ち上がる衣擦れの音がした。

襖が開き、顔を出した八束さんは、

「じゃあ、その底なしの胃袋の力、見せてもらおう」

と、にやりと笑った。

完全ではないみたいだけど、少し機嫌を直してくれたのかな？

階段へ向かい、下りていく八束さんの後に続いて、居間に戻る。八束さんはこたつに入り直し、私はいそいそと冷蔵庫から料理を取り出した。

こたつの上にのりきらないほどの料理を前にすると、改めて八束さんの優しさを感じて、胸がいっぱいになった。

「いただきます」

手を合わせて、小皿に入れた醤油に刺身をつける。

「おいしい……！」

すぐに二切れ目に手を伸ばした私を見て、八束さんの口元に、僅かに笑みが浮かぶ。

「このお魚、すごく新鮮です！　今日釣ってきてくれたんですよね。八束さん、釣りが好きなんですか？」

「恵比寿だからな」

そういえば、七福神の恵比寿は釣竿を持っていて、鯛をぶら下げている。

なるほど、恵比寿だからかぁ。

妙に納得してしまい、笑いが漏れた。

「八束さんも食べましょうよ」

八束さんの小皿にも醤油を差し、すすめたら、彼もお箸を手に取った。

「底なしの胃袋」などと強がってみたものの、仮に空腹だったとしても、ごちそうは食べきれないほどの量だ。しばらくして、箸を動かすスピードが遅くなると、八束さんは、私の満腹状態を察して、「無理するな。明日また食べればいい」と気遣ってくれた。

「ラップを取ってくる」

自然な動作で台所へ入っていった八束さんは、ラップと紙袋を手に戻ってきた。なんだろうと思っていたら、「ほら」と、手の中に紙袋を落とされた。

「……？」

「食べたかったんだろう？」

紙袋の側面に『加加阿３６５』と店名が入っている。ハッとして中をのぞいてみると、茶色の小箱が入っていた。掛け紙に今日の日付が入っていて、ピンときた。

「もしかしてこれ……チョコレート？」

料理にラップをかけている八束さんを見たら、八束さんは肯定も否定もしなかった。でも、これは確かに、私が食べたいと思っていたチョコレートだ。

覚えていてくれたんだ！

嬉しさがこみ上げてきて、私は思わず、八束さんの腕にくっついた。

「ありがとうございます！」

私の行動に驚いたのか、八束さんの体が硬直した。

「……離れろ」

素っ気ない言葉が返ってきたけれど、私は見逃さなかった。

八束さん、耳が赤い。

八束さんは私の腕を振り払い、さっさと料理にラップをかけ終わると、

「あとは、冷蔵庫にしまっておけよ」

と言い、居間を出ていってしまった。階段を上る足音が聞こえてくる。

私の紋って、どんな紋なんだろう。

箱を開けてみようと紙袋から取り出したら、底に封筒が入っていることに気が付いた。

「……？」

そっと手に取り、封を開けてみる。

「これ、バースデーカードだ……」

中から出てきたのは、可愛いケーキの絵が描かれたカード。「Happy Birthday」と印刷された文字の下に、八束さんの筆跡で「日々頑張る真璃に敬意を表する」と書かれていた。

私はカードを胸に抱いた。嬉しさで目眩がしそう。

これから、何度、誕生日を迎えても、今日のことは一生忘れない。

❖

それから数日後。『七福堂』に寿老人さんがやってきた。今日は福禄寿さんと一緒ではないようだ。

八束さんは、今、家の中で休憩中だ。

「寿老人さん、今日もお菓子、用意してありますよ」

お菓子を持ってこようとしたら、寿老人さんは私を引き留めた。

「待て、小娘。今日は用があって来たのじゃ」

お茶を飲みに来たのじゃないの？

首を傾げた私に、寿老人さんはやけにもじもじした様子で近づいて来ると、ジャケットの内ポケットから、ぺらりとしたものを取り出した。

「ほら」

差し出され、反射的に受け取って、目を丸くする。

「これ、『古都むすめ』のイベント参加券じゃないですか」

「一枚やろう」

「えっ？　福禄寿さんの分じゃないんですか？」

「あやつはそれほど『古都むすめ』に興味はない。……しーでぃーを買ってきてくれたのはそなたじゃからな」

もらっていいのか戸惑っていた私は、寿老人さんの顔が僅(わず)かに赤みを帯(お)びていることに気が付いた。

もしかして……照れてる？

「……どうせなら、小娘と行きたいと……思ったのじゃ………」

ぼそぼそとつぶやかれた言葉を聞いて、寿老人さんの行動の意味がわかった。

これは、おつかいをした私へのお礼だ。

「一緒に行きます！　お誘い、嬉しいです！」

弾んだ声を上げると、寿老人さんは表情を和らげた。今まで見たことがない、優しい微笑みだった。

「しーでぃーを買ってきてくれたこと、感謝しているぞ。——ところで、今日もそなたに頼みがあるのじゃ」

今度はなんだろう？

「『古都むすめ』のカエデ殿に、イベントの時に贈り物をしたいのじゃ。若い娘は、何を好むのかのう」

寿老人さんは店内をぐるりと見回すと、首を傾げた。

すごい、私、寿老人さんに頼られてる……！

「こむす……真璃殿。そなたのおすすめは何じゃ？」

名前！　初めて名前を呼んでくれた！　寿老人さん、私のことを認めてくれたんだ。

私は感慨深く思いながら、寿老人さんの接客を始めた。

「カエデさんって、どんな方なんですか？　何がお好きなんでしょう」

「着物大使も務めているから、和装関係が良いと思うのじゃが」

「それなら、こちらの帯留めなどはどうでしょう」

「どれどれ……」

もみじの形の帯留(おびど)めを手に取り、寿老人さんに見せる。

偏屈(へんくつ)なおじいさんは、私にとって、祖父のように大切なおじいさんになった。

第六章　遠い記憶

十二月に入ると、四条通のアーケードの下にイルミネーションが吊り下げられ、街はクリスマスモードへと変わった。

一年が過ぎるのって早いなぁ。

去年の今頃は『Happy Town』でクリスマスフェアの準備をしていた。まさか、一年後、こうしておばあちゃんの店を継いでいるとは思いもしなかった。

『七福堂』は和雑貨の店だけれど、和小物でもクリスマスを意識したものはある。サンタクロースの形をしたお手玉、つまみ細工のクリスマスツリー等々。

「これ、結構可愛いじゃないか」

八束さんがサンタクロースのお手玉を手に取り、まじまじと眺めた後、ぽんぽんと投げ始めた。二つのお手玉が、八束さんの手の中で踊る。

「商品で遊ばないでくださいよ」

注意をしたら、八束さんは肩をすくめて、お手玉をもとの場所へ戻した。

「今日は冷えますね」

外は、はらはらと雪が降っている。入口の戸は閉めていて、エアコンを効かせているものの、さすがに足元は冷えてくる。レジカウンターの裏にこっそりと置いてある電気ストーブで足を温めていると、ガラガラと戸が開いて、紺色のダッフルコートを着た、八歳ぐらいの男の子が入ってきた。

「いらっしゃいませ」

愛想の良い笑顔を向ける。

親御さんと一緒かな？

けれど、大人は現れない。どうやら、子供一人で来店したようだ。

「こんにちは。あっ、君は……！」

男の子は私の顔を見るなり、目を丸くした。

「うわぁ！　また会えるなんて嬉しいなぁ！　ずっと、もう一度、会いたいって思っていたんだよ」

男の子の様子は、年齢以上に大人びている。親しげに私を見つめる瞳は、慈愛に満ちた優しいものだ。

私、この子に会ったことがあったっけ？

考え込んでいたら、八束さんが男の子に声をかけた。

「嬪伽羅(ひんぎゃら)じゃないか。もうそんな時期か」

「恵比寿(えびす)さん。お久しぶり」

ひんぎゃら？　変わった響きの名前。もしかしてこの子……。

「僕は鬼子母神(きしもじん)の末子・嬪伽羅だよ。君は真璃(まり)ちゃんだよね？　本当に大きくなったなぁ。僕たち、昔、会ったことがあるんだけど、覚えていない？」

嬪伽羅君は小首を傾げた。

「ごめんなさい。覚えていなくて……」

申し訳ない気持ちで謝ると、嬪伽羅君は残念そうな顔をした。

「仕方がないよね。人の子は、忘れる生き物だもの」

「今日も鬼子母神への贈り物を買いに来たのか？」

「うん、そう。今月、クリスマスがあるでしょう？　早いうちにプレゼントを買って準備しておこうと思ったんだ」

八束さんと嬪伽羅君は、親しげに話しているので、旧知の間柄みたいだ。

「お前が『七福堂』に来るのは、母の日とクリスマスだったか？　律儀(りちぎ)だな」

「ふふっ。僕が母様に贈り物をするようになったのは、真璃ちゃんのおかげだよ」

嬪伽羅君にそう言われ、私はますます考え込んでしまった。私と嬪伽羅君は、昔、会ったことがあるみたいだけれど、全然思い出せない。

私、何をしたのかな？

「真璃ちゃん、今日も、昔みたいに一緒にカードを選んでよ」

嬪伽羅君は私のそばまで来ると、手を引いた。

「カード？」

「そう。僕は毎年、母の日とクリスマスに、母様に感謝のメッセージカードを贈っているんだ」

鬼子母神は確か仏教の神様だったはず。その子供の嬪伽羅君も仏教だろう。

仏教の神様なのに、クリスマスプレゼントを買いにきたの？　なんだか変な感じ。

けれど、人の姿に変化して『七福堂』にやってくる神様たちは、変わり者だ。人の真似をしてクリスマスをお祝いするような、おおらかさがあるのかもしれない。

「嬪伽羅君は、カードを買いに来たんだね。いいよ、一緒に選ぼう」

嬪伽羅君の口調がくだけているので、こちらも思わずくだけた口調になった。

「どんなのがいい？」

二人でポストカードの棚へと向かう。

『七福堂』は、京都（きょうと）の風景や、自然を描いたものなど、様々なポストカードを取りそろえている。外国人観光客に人気の商品だ。

「クリスマスっぽいものがいいなぁ」

「クリスマスっぽいカードなら、入荷したばかりの新商品があるよ」

ポストカードの棚から離れ、私は嬢伽羅君を、クリスマス商品を陳列しているコーナーへ連れていった。

「こういうのはどう？」

私が示したのは、版画風のイラストが印刷されたポストカード。クリスマスツリーの柄だけれど、和風タッチの絵だ。

「わぁ！　可愛いね。これにするよ。さすが真璃ちゃん、センスがいいね」

嬢伽羅君はすぐに決めると、私に代金を支払った。そして、ポストカードを持って、お客様用の休憩テーブルへ移動すると、椅子に腰かけた。

「いつも通り、ここで書いていくね」

肩から提（さ）げていたサコッシュの中から、筆ペンを取り出す。わざわざ持ってきているなんて用意がいい。

私は、嬢伽羅君を見つめている八束さんのそばへ近づき、小さな声で問いかけた。

「嬪伽羅君って、買ったばかりのポストカードに、ここでメッセージを書いていくんですか？」

「そうだ。ここで書くと、いい文章が浮かぶんだと。昔の思い出による刷り込みもあるのかもしれないな」

「昔の思い出……」

テーブルで手紙を書いている嬪伽羅君を眺めていた私は、ふと既視感を抱いた。

私、ここで手紙を書く嬪伽羅君を、確かに見たことがある。

『どうしよう。何を買ったらいいのかわからないよ……』

『それなら、おてがみを書くのはどう？　真璃は、母の日はいつも、お母さんにおてがみを書くよ』

「思い出した……！」

記憶をしまっていた箱の鍵が開いたかのように、一気にいつかの光景が蘇った。

私がまだ京都に住んでいた頃。あれは、小学校に入って間もない時期だった。

おばあちゃんの家に遊びに来ていた時、嬪伽羅君が『七福堂』に現れたんだ。

『人の世には母の日という行事があると聞いたんだ。母の日は、母様にお花を贈るんだよね。ここで買える？』

無邪気に問いかけてきた嬪伽羅君に、「誰か」が答えた。

『ここは花屋ではない。花は置いていない』

『そうなの？　ここは僕らの御用達だと聞いたから、何でもあると思ってた』

がっかりした様子の嬪伽羅君に、「誰か」は無愛想な対応を続ける。

『他のものを選ぶんだな』

『他のものって？　人の子は、花以外に、何を贈っているの？』

『さあな。俺は母の日とやらに贈り物をしたことがないからわからない。ここには、様々な商品がある。適当に選べばいいんじゃないか？』

『どうしよう。何を買ったらいいのかわからないよ……』

店内のテーブルでお絵描きをしながら、彼らの様子を眺めていた私は、

『それなら、おてがみを書くのはどう？　真璃は、母の日はいつも、お母さんにおてがみを書くよ』

と、嬪伽羅君にアドバイスをした。

『真璃のお母さんはね、私がおてがみを渡すと、すごくうれしそうな顔をするの。だから、おにいちゃんのお母さんもよろこぶと思うんだ』

『お手紙ってどんなことを書けばいいの？』

『いつもごはんを作ってくれてありがとう、とか、やさしいお母さんがだいすきだよ、とか、そんな感じ』

私の説明に、嬪伽羅君は納得した様子だった。

『何に書けばいいのかな』

『おばあちゃんのお店には、きれいなカードがいっぱいあるの！』

私は椅子からぴょこんと飛び降りると、嬪伽羅君の手を引っ張り、ポストカードの棚へと連れていった。

『お花とかね、くだものとかね、いろいろ。おにいちゃんのお母さんは、どれがすきかなぁ？』

お気に入りのものを取り出してみせると、嬪伽羅君は『確かに綺麗だね』と、私の手から一枚、ポストカードを引き抜いた。

『これはザクロの実だね。母様の好きな果実だ。これにするよ』

『まいどあり』

レジで「誰か」とお金のやりとりをした後、嬪伽羅君は、私のところへ戻ってきて、にこりと笑った。

『お手紙の書き方がわからないから、手伝ってくれる？』

『いいよ！』

テーブルを挟んで、二人、向かい合わせに座る。

私は一生懸命アドバイスをし、嬪伽羅君はそれを聞きながら文章を考える。そんな私たちの様子を、「誰か」はじっと見守っていた。

「——思い出したよ。私、昔、嬪伽羅君に手紙の書き方を教えたよね」

意識を現実に戻し、嬪伽羅君に声をかける。嬪伽羅君は手紙を書く手を止め、こちらを向いた。

「思い出してくれたの？　よかったぁ！　あの時の手紙、母様、すっごく喜んでくれたんだ。僕、君にお礼を言いたくて、もう一度ここに来たんだけど、君は東京へ引っ越してしまったって聞いて、残念に思っていたんだ。真璃ちゃん、あの時はありがとう。君が教えてくれたから、僕は手紙を書くのが好きになった。だから、毎年、母様に手紙を贈るようになったんだよ」

「どういたしまして」

幼い頃、私は知らず知らず、神様に接客をしていたんだ。大人になり、『七福堂』を継いだことに運命を感じる。

嬪伽羅君は手紙を書き終えると、「じゃあ、来年の五月にまた来るね」と手を振り、店を出ていった。

「あいつは親孝行だな。鬼子母神も、そんな子を持って幸せだろう」

一緒に店の外で嬪伽羅君を見送っていた八束さんを、そっと見上げる。あの時、店にいた「誰か」は、この人だ。

あの日、おばあちゃんは近所の人に呼ばれて、少しだけ店を空けていた。おばあちゃんは、たまたま『七福堂』に来ていた八束さんと、お絵描きをして遊んでいた私に、店番を頼んで出ていったんだ。その間に、嬪伽羅君が来店した。

私、子供の頃に、八束さんとも会っていたんだ。

「八束さん、ごめんなさい」

突然、謝った私に、八束さんが怪訝な表情を向けた。

「私、昔、嬪伽羅君が『七福堂』に来た時に、八束さんにも会っていたんですね。すっかり忘れていました」

「じゃあ……その後のことも覚えているか？」

「その後？」

私は首を傾げた。嬪伽羅君とのやりとりの後に、さらに何かあったのだろうか。思い出せない。

八束さんは、軽く吐息をつくと、考え込んでいる私の頭を、ぽんと叩いた。

「別にいいさ、大したことじゃない」

そんな言い方をされると、逆に気になってしまう。

「八束さん、どんなことがあったんですか？」

聞いてみたけれど、八束さんは少し寂しそうな顔をしただけで、教えてくれなかった。

嬪伽羅君と初めて会った時、他に何があったんだろう……。

夕食後、コーヒーを飲みながらお菓子を食べていた私は、昼間の八束さんの思わせぶりな言葉を思い返していた。

今日のお菓子は、『ロンドンヤ』の『ロンドン焼』だ。白あんの入った一口サイズのカステラまんじゅうで、新京極に店がある。ガラス張りの店の中で、カッチャンカッチャンと音を響かせ、機械で作られている様子は、見ていて飽きない。

甘いおまんじゅうを齧りながら、読書に集中している八束さんに目を向ける。

気になるなぁ……。でも、直接聞いても教えてくれないし……。

あっ、そうだ！

妙案が浮かび、私はこたつから立ち上がった。八束さんが顔を上げ、

「どうしたんだ？」

と、首を傾げた。

「ちょっと、地下室を見てきます」

「地下室？　なぜだ？」

「アルバムがあるんです。子供の頃に見たことがあって」

おばあちゃんはマメで、家族の写真を、きちんとアルバムに整理していた。きっと、私が小さい時の写真もとってくれているはずだ。嬪伽羅君と初めて会った頃の写真もあるかもしれない。それを見れば、記憶が呼び起こされて、何か思い出すかも……。

私は戸を開けると、店に入り、電気を点けた。地下室へ下りる。

「ええと、アルバム、アルバム……」

収納棚を見ていくと、隅のほうに、分厚いアルバムが立てかけられていた。

「あった！」

紺色(こんいろ)のアルバムは革貼りで、ずっしりと重い。手に取って、表紙をめくったら、一枚目の台紙には、白無垢(しろむく)の女性と羽織袴(はおりはかま)の男性の写真が貼られていた。

「おばあちゃんとおじいちゃんの結婚写真だ！　二人共、若い～！」

ページをめくっていくと、どこかへ旅行へ行った時の写真や、お祭りの時の写真など、私が生まれる前のおばあちゃんの思い出が収められていた。

「これ、お母さんが赤ちゃんの時の写真だ！」

お母さんも、アルバムの中でどんどん成長し、大人になっていく。

「私が小さい時の写真はどこかな？　――あっ、あった！　私の写真！」

アルバムの最後のほうに、幼少期の私の写真を見つけた。『七福堂』の前で、おしゃまなポーズをとって笑っている。

「三歳の時か。嬪伽羅君と会ったのはもっと後だから……」

さらにページをめくろうとしたら、ぶるっと寒気がきて、私はくしゃみをした。地下室は冷える。

指先も冷たくなってきたので、居間に持っていってゆっくり見ようと、アルバムを抱えて階段に向かった。

階段は角度が急で狭い。手に、重くて大きなアルバムを抱いているので、足元がよく見えない。

「重い……」

腕の中のアルバムがずり落ちそうになり、「よいしょ」と持ち直したはずみで、体がふらついた。あっと思った時にはもう遅く、階段から足を滑らせた私は、次の瞬間、地下室の床に頭を打ち付けていた。しかも、トドメとばかりに、手から落ちたアルバムが額にあたる。

いったぁ……。

朦朧とする意識の中で、

「真璃っ！　どうした！」

焦ったような、八束さんの声が聞こえた。

「う、うーん……」

小さな呻き声と共に、私は目を覚ました。白い天井が見える。横になっているのはベッドのようだ。自分は、今、どこにいるのだろうと不思議に思い、体を起こそうとしたら、額と後頭部がズキズキと痛んだ。

「痛っ……」

力が入らなくて、再び横になると、

「真璃っ！　起きたか！」

八束さんの顔が視界に入った。

「俺がわかるか」

普段クールな八束さんの、不安そうな様子がめずらしい。

「八束さん……」

何を言っているんだろう。わかるに決まっている。

「ここ、どこですか……？　私、なんでこんなに頭が痛いんだろう……」

そうつぶやいて、徐々（じょじょ）に記憶が戻ってきた。確か、地下室からアルバムを持って上がろうとして、足を滑らせて――。

「地下室の階段から落ちたんだ。頭を打って意識をなくしていたから、救急車を呼んだ。ここは病院だ。大丈夫か？　痛むよな。くそっ、お前が地下室に行くと言った時、ついていけばよかった」

八束さんがあまりにもつらそうな顔をしているので、私は思わず手を伸ばし、彼の頬に触れていた。

「大丈夫ですよ。ちょっと痛いけど、平気です」

「無理するな」

私の手を掴（つか）み、八束さんがぎゅっと握りしめた。その力があまりにも強くて、むしろ、手のほうが痛い。

けれど、振り払う気にはなれず、されるがままに、八束さんに手を握られていると、白衣を着た中年の男性が病室に入ってきた。

「繁昌(はんじょう)さん、具合はどうですか？」

「医者か。真璃は、今、目を覚ましたところだ」

私の手をぱっと離し、八束さんが男性を振り返った。見た目通り、彼は医者のようだ。

「それは良かったです」

医者は私のそばまで近づいてくると、にこっと笑みを浮かべた。

「あなたが眠っている間に検査をしましたが、骨にも脳にも異常は見られませんでした。腫(は)れていますが、大きな怪我(けが)ではないので、心配しなくて大丈夫ですよ」

「そうなんですね。ありがとうございました」

私は横になったまま会釈(えしゃく)をした。異常がなかったと聞いてほっとした。

「朝になったら帰宅してもらっていいですよ。今夜は念のため、ご主人と一緒にここにいてくださいね」

ん？　ご主人？

今、聞き捨てならないことを言われたような。

「あなたがここに運ばれた時、ご主人、すごく取り乱していたんですよ。『絶対に助けないと、この先、一生お前に神の加護はやらない』と言われまして」

「神の加護なんて、オーバーな方ですね」と、医者は笑いながら、八束さんを見た。八束さんは、口をへの字にしてそっぽを向いている。

「それじゃ、ごゆっくり」

医者が、にこやかに病室を出ていくと、私はゆっくりと半身を起こし、八束さんのほうを向いた。

「八束さん、ご主人ってなんですか？」

「………………」

八束さんは横を向いたまま、ばつが悪そうにしている。私がじっと目を見つめると、小さな声で答えた。

「……『ご関係は？』と聞かれたので、咄嗟にそう言った。そうしないと、そばにいてやれないと思ったんだ」

なるほど。あのお医者様は、すっかり誤解しているというわけだ。

でも、不思議と嫌じゃない。

八束さんの顔が赤い。普段とは違う彼の様子が面白くて、私はさらに突っ込んでみた。

「八束さん、私が気を失って、取り乱していたんですか？」

「………………」

「心配してくれたんですね。ありがとうございます」

ダメだ、なんだか口元が緩んじゃう。

にこにこしている私から目を逸らし、八束さんは、照れ隠しのように、ぶすっとむくれていた。

翌朝、私は、八束さんと一緒に、タクシーで家に戻った。いつも通り『七福堂』を開けようとした私を、八束さんは慌てて止め、「今日は寝ていろ」と、布団の中に押し込んだ。

「頭を打ったんだ。安静第一だぞ」

強い口調で命じられ、「はい」と頷く。

「何か食べられるものを持ってくるから、絶対に起きるなよ」

念を押して、部屋を出ていく八束さんの背中を見送り、思わず笑みが漏れる。

心配してくれて、ちょっと嬉しい。

こんなこと考えちゃって、八束さん、ごめんなさい。

❖

怪我をした数日後。私は、再び、家族の思い出が詰まったアルバムを開いていた。

おじいちゃんとおばあちゃんの写真に、伯父さんとお母さんの成長記録、それから、いとこや私の小さな頃の写真。それぞれの写真の下には、おばあちゃんの字で、日付やどこで撮ったのかなどの情報が書かれたメモが貼られている。

アルバムの最後のほうに、私が東京に引っ越す直前の写真も収められていたけれど、残念ながら、それを見ても、何も思い出すことができなかった。

そして、一番最後のページには、写真ではなく、カードが挟まれていた。

『おばあちゃん、おたんじょうびおめでとう。だいすきだよ』

『おじいちゃん、おばあちゃん、ながいきしてね。いつもあそんでくれてありがとう』

それらは、幼い私が、まだしっかりしていない字で、祖父母に宛てて書いた手紙だった。

「こっちは、おばあちゃんの誕生日で、こっちは敬老の日に書いたのかな……」

こんな小さな時の手紙、おばあちゃん、大切に残してくれていたんだ。

私は台紙のフィルムの上から、手紙をそっと指でなぞった。

「真璃、洗い物が終わった。コーヒーも淹れたぞ」

台所から、夕食後の後片付けをしていた八束さんが顔を出した。私が頭を打ってからというもの、八束さんはやけに優しい。私に無理をさせまいと、あれこれ家事をしてくれる。

助かるけれど、任せっきりで、申し訳なく思ってしまう。

もう大丈夫だって言っているのに、「怪我が完治するまでは俺が作る」って、料理もさせてもらえないし……。やっぱり、もっとちゃんと「大丈夫」って言おう。

そんなことを考えていたら、八束さんが、こたつでアルバムを見ていた私のそばに近寄ってきた。

「何を見ているんだ？　……ああ、お前の額（ひたい）に傷を付けたアルバムか」

なんだか、憎々（にくにく）しげな目でアルバムを睨（にら）んでいる。

もの相手に怒っている八束さんが面白くて、思わず笑ってしまった。

「おばあちゃんが整理していた、昔のアルバムです。八束さんも見ますか？」

こたつの上にコーヒーカップと今日のお菓子を置き、腰を下ろした八束さんの前に、アルバムを移動させる。

「これは真璃か？」

八束さんが適当に開いたページには、私の七五三の時の写真が貼られていた。赤い着物を着て、お母さんと手を繋（つな）いでいる。

「小さいな」

「三歳ですからね」

「人の成長は早いな。俺たちが長い時を持て余して、ぼんやりと過ごしている間に、どんどん大きくなる」

「神様がぼんやりしていちゃ、ダメじゃないですか」

八束さんの言いように呆れると、八束さんは、ふっと笑った。

「暇なんだよ。だから、人の世に交じりたくなる。人の世は移り変わりが早くて、刺激的だからな」

「そういうことをするのって、変わり者の神様たちでしたっけ?」

「そうだ。大黒（だいこく）なんて、最たるものだな」

大黒さんは、人の世で働くのが趣味なんだっけ。私は、陽気な大黒さんを思い出して、くすりと笑った。

ゆっくりとアルバムをめくる八束さんの瞳は優しい。彼の視線の先にあるのが、私の幼い時の写真だと思うと、少しくすぐったいような気持ちがした。

第七章　神様たちの夫婦げんか

十二月も中旬になると、今年もいよいよ終わるのだなという気持ちが強くなってくる。頭のたんこぶも治り、額の傷もかなり薄くなってきた。八束さんは、私の顔に傷が残らないか、心配していたけれど、この調子だと綺麗な肌に戻れそうだ。

私がレジカウンターで取引先に送る年賀状を書いていると、一人の男性が店内に飛び込んで来た。

「恵比寿、いるか？」

男性は藍鼠色の羽織と着物を着ていて、年の頃は四十代後半といったところ。太い眉毛と鋭い目つきが厳めしい。

「毘沙門か。慌てて、どうした？」

ストックを開けて在庫数のチェックをしていた八束さんが振り返り、男性に声をかけた。

毘沙門って、七福神の毘沙門天？

私は、ぱちぱちと目を瞬かせて、男性を見た。

毘沙門天は、仏教では四天王の一人・多聞天とも呼ばれている。原名はヴァイシュラヴァナというらしい。ヒンドゥー教ではクベーラという財宝神で、日本でも富の神として崇められ、戦闘の神としても信仰されるようになった。

毘沙門さんは八束さんのもとへ歩み寄ると、必死な顔で、

「恵比寿、吉祥はここには来なんだか？」

と、問いかけた。

「嫁さんがどうかしたのか？」

八束さんが怪訝な表情を浮かべる。

吉祥と付く神様といえば、仏教の吉祥天かな？ 福徳の女神だったはず。

吉祥天は、確か、毘沙門天の奥さん。

『七福堂』を継いでから様々な神仏に出会ってきたので、無知ではいけないと、私は、神道や仏教について勉強を始めていた。

「毘沙門さん、初めまして」

挨拶をすると、毘沙門さんは、私の存在に気が付いたように振り返った。

「ああ、そなたが『七福堂』の娘か。儂は毘沙門天という。恵比寿の友人だ」

「私は繁昌真璃といいます」

私の名前を聞いた毘沙門さんが、「繁盛？」と目を丸くし、にっこりと笑った。

「良い名だな。好ましい」

七福神の皆は、私の名前を褒めてくれる。福の神の集まりなので、「繁盛」という言葉が好きなのだろう。

かつて、「名前負け」だと言われた名字だけれど、神様に褒められるこの名前を、今では誇りに思っている。

私と毘沙門さんがお互いに自己紹介を終えた後、八束さんが話をもとに戻した。

「で、毘沙門。吉祥がどうしたって？」

「家出した」

毘沙門さんは袖に手を突っ込むと、中から一枚の紙を取り出し、八束さんの前に差し出した。

「家出？」

八束さんが紙を受け取り、目を通す。近づいていってのぞき込んでみたら、流麗だけれど怒りを感じさせる力強い文字で、『家を出ます。毘沙門のバカ！』と書かれていた。家出の理由は記されていない。

毘沙門さんは太い眉を寄せ、弱り切った様子で溜め息をついた。

「忠助が吉祥の天衣に穴を開けたのだ。それで怒ってしまってな」

天衣ってなんだろう？　響きから、神様の衣装みたいに思えるけど。それに、忠助って誰？

気になっていると、毘沙門さんの着物の胸元から、黄色い体に黒の縞模様の入った子ネコが顔を出した。

「あっ！　にゃんこ！」

可愛らしい動物の出現に、弾んだ声を上げる。

「毘沙門、忠助とは、そのトラのことか？」

八束さんの問いかけに、毘沙門さんが頷いた。

「え？　トラ？　この子、トラなんですか？」

「ああ。トラだ。前の大吉が寿命で死んでしまったのでな。最近、新しく迎えた神使だ」

毘沙門さんは子トラを抱くとレジカウンターの上に下ろした。もふもふした可愛い生き物が、無垢な瞳で私たちを見上げている。

八束さんが子トラの頭を人差し指でつつくと、子トラはびっくりしたのか、八束さんの指先にがぶりと噛みついた。

「痛っ！」

「あっ、八束さん、乱暴はダメです！」

慌てて子トラを庇（かば）った私に、八束さんが恨（うら）めしそうな視線を向ける。

「乱暴をされたのは俺だぞ……。なるほど。迎えたばかりなのだったら、神使（しんし）としてはまだまだだな。動物の本能が残っている。この乱暴な忠助が、吉祥の天衣（てんえ）を破ったというわけか」

「忠助、おいたはいかんぞ～」

毘沙門さんは、八束さんに噛（か）みついた子トラを叱っているが、デレデレしているので迫力はない。普段から子トラを可愛がっているのだろう。

「つやつやとした毛並みに愛くるしい顔。可愛くてたまらん。一日中、こやつを眺めていても飽きないのだ。いろいろと教えているところなのだよ。今はまだやんちゃだが、この子は良い神使（しんし）になると思うのだ」

毘沙門さんは、子トラの愛らしさについて熱く語った後、本来の目的を思い出したのか、ゴホンと咳払いをした。

「恵比寿、真璃殿。吉祥の天衣（てんえ）に代わるものを見繕（みつくろ）ってくれないか。代わりのものがあれば、吉祥も機嫌を直して戻ってきてくれるかもしれぬ」

奥さんに家出をされ、しょげている様子の毘沙門さんを見ていると気の毒になってきて、私は、「いいですよ」と答えた。

「一緒に選びましょう！」

「おお、感謝する」

「毘沙門さん、天衣（てんえ）ってなんですか？」

天衣（てんえ）が何かわからないと、代わりになる商品も選べない。

「天女が身に纏（まと）う、人の世でたとえれば、ストールのようなものだな」

「ストールですか。なるほど。では、こちらの商品はどうでしょう」

私は一枚のストールを取ってきて毘沙門さんに見せた。柔らかなシルクに、友禅染（ゆうぜんぞめ）で可憐（かれん）な草花が描かれている。上品なデザインで、私もお気に入りの一品だ。

「ほぅ。これは美しいな。他の模様もあるのか？」

「ありますよ」

私は何枚かストールを持って来ると、お客様用テーブルに広げてみせた。扇（おうぎ）の模様、鴛鴦（おしどり）の模様、菊の模様……。

毘沙門さんはじっくりと悩んだ後、私が最初に見せた草花のストールを購入し、「吉祥を見かけたら教えてくれ」と言い残して、帰っていった。

店の前で毘沙門さんを見送り、店内へ戻ると、八束さんがテーブルの上のストールを片付けていた。その様子を眺めながら、ふと「あのストールでよかったのかな」と心配になった。

怒って家出をするぐらい、天衣は吉祥さんにとって大切なものだったんだよね。別のものを贈ったとして、吉祥さん、納得してくれるのかな？

萌ちゃんがなくしたクマのぬいぐるみは、代えのきかない唯一のものだった。吉祥さんの天衣も、そういったものだったとしたら……。

毘沙門さん、火に油を注ぐことにならないといいのだけど。

それから五日が経ち——。

『七福堂』に、再び毘沙門さんがやって来た。

「恵比寿。真璃殿」

「毘沙門さん、こんにちは」

「毘沙門、辛気くさい顔をしているな」

「もう五日も吉祥が帰ってこないのだ……。吉祥に何かあったのではないかと、儂は心配で心配で……」

私たちが声をかけるやいなや、毘沙門さんは太い眉を寄せて顔を歪め、ぽろぽろと泣き出した。

「わわっ！　毘沙門さん、大丈夫ですか？」

立派な武神が奥さんに家出をされて泣いている姿が哀れで、私まで悲しくなった。

毘沙門さん、本当に奥さんのことが好きなんだなぁ……。

私は急いでレジカウンターの裏に回ると、カウンター下の棚の中からティッシュの箱を取り出した。数枚引き抜き、毘沙門さんに渡す。毘沙門さんは「かたじけない。真璃殿」と受け取り、ちーん、と鼻をかんだ。

八束さんが、毘沙門さんの情けない姿を見て、呆れたように腕を組んだ。

「吉祥はまだ家出をしているのか。弁天のところへは行ってみたか？　吉祥と弁天は仲がいいだろう」

「行ってはみたが、いないと言われた」

へえ、弁天さんと吉祥さんって、友達なんだ。

それなら、友達の家で厄介になっている可能性は高い。

「ふむ……。弁天の奴、おそらく吉祥を隠しているな。弁天に口を割らせるか……」

八束さんは確信しているのか、思案顔になる。

ふと見ると、毘沙門さんの着物の胸元から、いつの間にか、子トラが顔をのぞかせていた。

つぶらな瞳でご主人様を見上げている。

「おお、忠助。慰（なぐさ）めてくれるのか？　お前は本当に愛（う）い奴だな」

毘沙門さんは、子トラの視線に気付き、頭を撫（な）でた。

「よしよし、忠助。お前は何も悪くないぞ」

毘沙門さんの、子トラが可愛くて仕方がないという様子に、私はふと、ひっかかりを覚えた。

「毘沙門。俺が今夜、弁天のところへ行って吉祥のことを聞いてくる。お前は一旦帰れ」

「そうしてくれるか、恵比寿」

毘沙門さんは、ややほっとした表情を浮かべ、「頼む」と言い残して、店を出ていった。

厳（いか）めしい武人のしょぼくれた背中を見送った後、私は店内へ戻り、八束さんに声をかけた。

「吉祥さん、全然家に帰っていないなんて、とても怒っているんですね。天衣（てんえ）っていうものが、よっぽど大事だったんだろうな……」

やはり、代えのきかないものだったのかもしれない。

「吉祥は強情なところがあるからな。とりあえず、今夜、『ノクターン』に行ってくる」

「私も行きます！」

「なら、お前も来い。どうせなら、今夜は『ノクターン』で晩飯にするか」

「いいですね！　そうしましょう、そうしましょう」

　弁天さんが作るおつまみは絶品だ。お酒もおいしいし、楽しみ……おっと、吉祥さんのことを聞きに行くのが目的だから、浮かれてちゃいけなかった。

『七福堂』の閉店後。私たちは開店時間を見計らって『ノクターン』へ向かった。町家の戸を開けて顔をのぞかせた私たちに気が付き、弁天さんが「あら？」と、こちらを向く。

「いらっしゃい。真璃ちゃん。恵比寿。今日はデート？」

　くすりと笑った弁天さんに、私は焦って「違いますよ！」と両手を横に振ってみせた。八束さんは軽く溜め息をつき、弁天さんの軽口に呆れた表情をしている。

「晩飯を食べに来たんだ。あと、お前に聞きたいことがあってな」

「聞きたいこと？　何かしら？」

「お前、吉祥の行方を知らないか」

　なんの前置きもなく、八束さんがずばり尋ねると、弁天さんは一瞬言葉に詰まり、視線を逸らした。

「知らないわよ」

「隠しても無駄だ。吉祥の行き先なんて限られている」

　八束さんはカウンター席へ腰を下ろし、弁天さんの顔をじっと見つめた。私も八束さんの隣に腰かけ、二人のやりとりを見守る。

「何を飲む？」

素知らぬふりで注文を聞いてきた弁天さんに、八束さんが「ハイボール」と答える。

「あっ、じゃあ、私も」

カウンターの中で、私たちの会話を静かに聞いていた相良さんが、棚からウィスキーの瓶を下ろし、弁天さんの前に置いた。弁天さんはグラスにたっぷりの氷を入れ、丁寧（ていねい）な手つきでハイボールを作っていく。

「はい。お待たせ」

グラスと共に目の前に出されたのは、ミックスナッツだ。

八束さんはお酒で唇を湿らせた後、弁天さんに、やや鋭いまなざしを向けた。

「夫婦げんかに他人が首を突っ込むものじゃないぞ」

八束さんの言いようにムッとしたのか、弁天さんが言い返す。

「そういう恵比寿だって、毘沙門の肩を持っているでしょう。吉祥は、毘沙門にかなり頭に来ているみたいよ」

「やっぱり、吉祥を隠しているんじゃないか」

睨（にら）み合う二人を、私はハラハラした気持ちで見守った。

しばらくして、弁天さんが、ふぅ、と息を吐いた。

「……吉祥なら、うちの寺にいるわよ」

「毘沙門と吉祥に話をさせよう。当事者同士で話し合うほうがいいだろう」

「そうね……。じゃあ、明日、吉祥を連れてくるわ」

「わかった」

話がまとまり、ほっと胸をなで下ろす。

後は、毘沙門さんがうまく説得して、吉祥さんが家に帰ってくれるといいのだけど。

翌日。八束さんから連絡を受けた毘沙門さんが、先日購入したストールを手に、閉店後の『七福堂』にやってきた。

「やはり、吉祥は弁天のところにいたのだな」

「ああ。今夜、弁天がバーに吉祥を連れてきているはずだ。お前、うまく説得しろよ」

「心得ている」

真面目な表情で頷(うなず)いた毘沙門さんの胸元から、子トラがご主人様を見上げている。

私は、腕時計を見ると、二人に声をかけた。

「そろそろ、約束の時間じゃないですか？　弁天さん、開店前に来てって言っていましたし」

「じゃあ、行くか」

八束さんの号令で、私たちは『七福堂』を出て路地へと回り、『ノクターン』に向かった。

出格子から、店内の明かりが漏れている。戸を開けて「こんばんは」と声をかけると、カウンターの中にいた弁天さんと相良さんがこちらを向いた。

「来たわね。恵比寿、毘沙門」

カウンター席に、若い女性が座っている。長い髪を揺らして振り向いたかんばせは、花のように愛らしかった。

「吉祥……！」

毘沙門さんが、私と八束さんを押しのけて、店内に入る。ずかずかと吉祥さんへ近づいていくと、ばっと腕を掴んだ。

「吉祥。こんなところにおらずに、帰るぞ」

うわっ、毘沙門さん、頭ごなしにそんな……！

案の定、吉祥さんは眉を寄せ、毘沙門さんの手を振り払った。

「放して！　私の気持ちをわかってくれないあなたなんて、嫌いっ！　帰らないから！」

「お前の家は鞍馬寺だぞ」

「知らないっ！　私、これからは弁天のお寺に住むから！」

　ぷうっと頬を膨らませ、吉祥さんは毘沙門さんを睨み付けている。

「落ち着け、毘沙門」

「そうよ。吉祥の気持ちを聞いてあげなさい」

　八束さんと弁天さんがなだめると、毘沙門さんは深呼吸をして、私がプレゼント包装したストールの包みを、吉祥さんに差し出した。

「吉祥。天衣の代わりになるような贈り物を持ってきた。これで機嫌を直してくれないか」

　吉祥さんは、包みと毘沙門さんの顔を見比べた後、ためらいながら手に取った。リボンを解いて包装紙を開け、ストールを取り出す。その途端、吉祥さんの表情が、すっと冷たいものへと変わった。

「……これは何？」

「シルクのストールだ。ここにいる真璃殿と一緒に『七福堂』で選んだ。美しい織物だろう？」

　毘沙門さんは、吉祥さんの機嫌を取るように、優しい声を出したが、吉祥さんの頬はみるみる紅潮した。

「違うのに……！　毘沙門はなんにもわかってない！　代わりのものなんていらないっ！」

バーカウンターの上にストールを放り投げ、吉祥さんが椅子から立ち上がる。毘沙門さんを突き飛ばし、吉祥さんは『ノクターン』を飛び出していってしまった。

「吉祥っ……！」

引き留めようと伸ばした毘沙門さんの手が、力なく空をかく。がっくりと肩を落とした毘沙門さんの着物の胸元から子トラが顔をのぞかせ、ご主人様を心配そうに見上げて、クゥンと鼻をならした。

「忠助、儂はどうしたらいいのだろう……。このままだと離婚だろうか……」

落ち込んでいる毘沙門さんが、可哀想で見ていられない。

「私、吉祥さんと少し話してきます！　女同士だったら、何か話してくれるかもしれないですし」

吉祥さん、なんで「違う」って言ったのかな。すごく悲しそうだった。その理由がわかれば、夫婦げんかも解決するかもしれない。

「吉祥さん、何か悩んでいるみたいだなって思ったんです」

私の言葉を聞いた毘沙門さんが、藁にも縋るような瞳で頭を下げた。

「ならば頼めるか、真璃殿」

「任せてください」と胸を叩く。

私は毘沙門さんと、八束さん、弁天さんに軽く手を振ると、『ノクターン』を出て、吉祥さんを追った。

「えーっと、吉祥さん、どっちへ行ったんだろう」

路地から四条通（しじょうどおり）のアーケードへ入り、きょろきょろと周囲を見回す。すると、河原町通（かわらまちどおり）のほうへ歩いていく吉祥さんの後ろ姿が見えた。私は彼女を捕まえようと、急いで走り出した。

「吉祥さん！」

追いついて腕を掴（つか）んだら、吉祥さんは驚いた顔で振り返った。

「あなたは、さっき毘沙門と一緒にいた……」

「『七福堂』の繁昌真璃です。八束さんと一緒に働いている者です」

急いで名乗る。

「すみません。もしよかったら、吉祥さんが毘沙門さんを許せない理由を教えてくれませんか？」

吉祥さんは私を見つめた後、ふいっと視線を逸（そ）らした。

「…………」

悲しそうな表情を浮かべている吉祥さんに、静かに問いかける。

「吉祥さん……何か、思い詰めていませんか？」

「私……」

吉祥さんが口を開きかけた時、どんっとぶつかってきた男性がいた。よろめいた吉祥さんの肩を慌てて支える。

「邪魔だよ」

ぶつかってきた男性は舌打ちをして去っていった。私たちが、歩道の真ん中に立ち止まっていたので、通行人の邪魔になっていたようだ。

「とりあえず、移動しましょう」

私は吉祥さんの手を取ると、軽く引いて歩き出した。

私たちは鴨川(かもがわ)まで来ると、四条大橋の袂(たもと)の階段から、河川敷へと下りた。

河川敷には先斗町(ぽんとちょう)の飲食店の明かりが降っている。適当な場所で立ち止まると、吉祥さんは、ぼんやりと川面に目を向けた。

「吉祥さん、毘沙門さんのこと、許してあげないんですか？　もう家には帰らないつもりなんですか？」

私は、元気のない様子の吉祥さんに、そっと声をかけた。

「……本当は帰りたい」

吉祥さんがぽつりとつぶやく。

「なら、どうして？」

「毘沙門がちっとも私のことをわかってくれないのが、腹立たしいの。……忠助が穴を開けた天衣は、結婚した時に、毘沙門が贈ってくれたものだったの」

「えっ……」

私は息を呑んだ。

天衣はやっぱり代えのきかない大切なものだったんだ……。

「もしかして、毘沙門さんが、代わりのプレゼントを贈れば、吉祥さんが機嫌を直してくれると思っていたことを怒っているんですか？」

私の問いかけに、吉祥さんが頷く。

「天衣は私の宝物だったのに。毘沙門はわかっていない。それに……」

まだ何か理由があるのかと、私は吉祥さんの言葉に耳を傾けた。

「最近の毘沙門は、忠助のことばかり。『忠助、可愛い、可愛い』って。前は私だけにそう言ってくれていたのに……」

なるほど。吉祥さん、毘沙門さんが子トラばかり可愛がるから、嫉妬していたんだ。しかも、その子トラが宝物に穴を開けたんだもの。腹も立つよね……。

毘沙門さんは子トラに甘い。子トラが吉祥さんの天衣に穴を開けた時も、それほど怒らなかったのかもしれない。

「トラに嫉妬してるなんておかしいって思うでしょ？」

力なく苦笑した吉祥さんに、私は首を振ってみせた。

「神使可愛さに、奥さんをおろそかにするなんて、ダメです。そんな男は、簀巻きにして鴨川にポイッです」

きっぱりと言い切ったら、吉祥さんは目を丸くした後、ふふっと笑った。

「真璃さんって面白い人ね。ありがとう」

「吉祥さんは、毘沙門さんが大好きなんですよね。構ってもらえなくて寂しかったたって気持ちを、毘沙門さんに伝えてみたらどうですか？　毘沙門さん、吉祥さんが家に帰ってこないこと、すごく落ち込んでいたんですよ」

「……毘沙門が落ち込んでいたの？」

驚きの表情を浮かべた吉祥さんに、頷いてみせる。

「そりゃあもう、落ち込んでいましたよ。『七福堂』で泣いてましたもの」

厳めしい顔を歪ませて、ぽろぽろ泣いていた毘沙門さんの様子を、私は吉祥さんに話して聞かせた。

「あの毘沙門が、私がいなくなって、泣いていたの……」

吉祥さんの瞳が揺れ、私は、もうひと押しとばかりに続けた。

「吉祥さんの天衣、私、なんとか直してみようと思います。よかったら、私に預けてくれませんか？」

吉祥さんが、「直せるの？」と目を瞬かせる。

「はい！」

現物を見ていないのだから、どれぐらいの穴が開いているのかもわからないし、直せるのかどうかもわからない。けれど、私はあえて自信満々にこぶしを握ってみせた。

「直してみせます。だから、天衣が直ったら、毘沙門さんを許してあげてもらえませんか？」

真剣な瞳を向けると、吉祥さんはためらいながらも、「うん」と頷いた。

「お寺から天衣を持ってくるね。すぐに帰ってくるから、ここで待っていてくれる？」

「はい」

次の瞬間、吉祥さんが、私の目の前から、ふっと消えていた。

「えっ？」

驚きのあまり、周囲をきょろきょろと見回してみたけれど、美しい女神の姿はどこにも見えない。

吉祥さんは仏教の神様だから、人間の姿をとったり、消えたり、自由自在なのかな。

不思議に思いながら、鴨川のそばで待っていると、十分ほどして、再び目の前に吉祥さんが現れた。

「取ってきたわ」

白く細い腕に、虹色に輝くストールが掛けられている。

「綺麗……」

さすが、天女の衣。不思議な織物……。

うっとりと見とれていると、吉祥さんが天衣を差し出した。

「よろしくね。真璃さん」

私は緊張しながら天衣を受け取り、真剣な表情で「はい。任せてください」と頷いた。

その日の夜、私は居間で、吉祥さんから預かった天衣を前に悩んでいた。

美しく煌めくストールは、端のほうが十センチほど破れている。

「まつり縫いで縫い合わせたらなんとかなるかな……。でも、そうしたら生地がよれて目立つかなぁ……」

縫い目一つない天衣に針を入れるのには勇気がいる。

おばあちゃんが持っていた裁縫箱を出してきて、しばし考え込んでいると、お風呂あがりの八束さんが居間に入ってきた。

「何をしているんだ？　真璃」

「吉祥さんの天衣を直そうと思っているんです」

こたつに座っていた私は、浴衣姿の八束さんを見上げて返事をした。

「ああ、預かったと言っていたな。直るのか？」

そばに立った八束さんが、私の手元をのぞき込むように、前屈みになった。

ち、近っ……。

「わ、私、お裁縫苦手で……」

顔と顔の距離に驚いて、思わず緊張し、声がうわずった。

「そうなのか？」

「でも、なんとかしてみせます」

私、何をドキドキしているんだろう。

八束さんから視線を逸らし、裁縫箱に目を向ける。箱の蓋を開けたら、私が作業に入ると思ったのか、八束さんは私のそばから離れ、こたつの向かい側に腰を下ろした。

何か良いものがないかと、箱の中を探していると、ふと、目についたものがあった。

「これ……いいかも。綺麗だし」

「それをどうするんだ？」

私が手に取ったものを、八束さんが興味深そうに見つめている。

「ちょこっとリメイクを加えてみようと思います。……吉祥さんが、怒らないといいけど」

大切な天衣だもの。一か八かの方法かもしれない。でも、やるだけやってみよう。

私は心を決めると、針を手に取った。

❖

吉祥さんから天衣を預かった翌日。私と八束さん、毘沙門さんは、揃って、開店前の『ノクターン』へ向かった。

入口を開け、店内に入った私たちの姿に気が付き、バーカウンターの中にいる弁天さんが「いらっしゃい」と笑みを浮かべる。

「連日、開店準備中に悪いな」

「仕方ないし、別にいいわよ」

弁天さんが微苦笑しながら、拭いていたワイングラスを棚に戻した。

「吉祥、こっちにいらっしゃい」

相良さんにピアノを教わっていた様子の吉祥さんは、弁天さんに呼ばれると、ややふくれっ面(つら)の表情で近づいてきた。毘沙門さんはそんな吉祥さんを見て、悲しそうな顔をしている。

「真璃。本当に大丈夫か？」

隣に立つ八束さんが耳元で囁(ささや)いた。

「大丈夫です。……たぶん」

頼りなく答える。

私は吉祥さんの前に立つと、胸に抱いていた風呂敷(ふろしき)包みを差し出した。

「お預かりしていた天衣(てんえ)を持ってきました」

吉祥さんが手を伸ばし、風呂敷(ふろしき)包みを受け取る。結び目を解き、はらりと開けた風呂敷(ふろしき)の中には、虹色(にじいろ)に輝く吉祥さんの天衣(てんえ)が畳(たた)まれている。吉祥さんは天衣(てんえ)を手に取ると、風呂敷(ふろしき)をカウンターの上に置いた。両手で、天衣(てんえ)を広げる。「本当に直っているのだろうか」とでも言いたげな心配そうな顔で天衣(てんえ)を見た吉祥さんは、

「まあ……！」

と、声を上げた。

「どうしたの、吉祥？」

弁天さんが身を乗り出し、吉祥さんの手元に目を向けた。毘沙門さんも不安そうに天衣を見つめている。

吉祥さんは、皆にも見えるように天衣を広げると、

「ここ……銀糸で刺繍がしてある。お花の刺繍！」

と、穴の開いていた箇所を指差した。

「ここが破れていたところなの？　全然わからないわ」

弁天さんが驚いたように私を見た。

「目立たない糸で縫い合わせて、その上から刺繍を入れました。銀色の刺繍糸なら、この天衣のキラキラ光る虹色にも馴染むかな、って思って。勝手にリメイクしちゃってごめんなさい……」

もっと上手に縫えたらよかったんだけど……。

花の刺繍を入れる方法は、インターネットで調べて、見よう見まねでやってみた。形良くできなかったと思っていたけれど、昨夜、直した天衣を見た八束さんは「いい感じだな」

と褒めてくれた。

心配になりながら吉祥さんを見ると、吉祥さんの瞳が潤んでいた。

「……素敵。綺麗だわ。まるでもとに戻ったみたい。ありがとう、真璃さん。これで私は、また、この衣を身に着けることができる」

泣き笑いの吉祥さんに、心から、ほっとした。

「毘沙門さんに、吉祥さんの本当の気持ちを伝えてあげてください」

私は、吉祥さんの背中を押すように微笑みかけた。

吉祥さんは沈黙した後、毘沙門さんに目を向けた。毘沙門さんは「何を言われるのだろう」と不安そうな顔をしている。

「……毘沙門。この天衣のことを覚えている？」

吉祥さんが静かに話し出した。私たちはかたずを呑んで、夫婦の様子を見守った。

「確か……儂がお前に贈ったもの、だったか？」

「そう。結婚した時に、あなたがくれたもの。私、とっても嬉しかった。あなたとの絆ができたみたいで……」

「………」

毘沙門さんは、黙って吉祥さんの言葉を待っている。

「大切なものなのに、忠助に穴を開けられてしまって、とてもとても悲しかった。それなのに、あなたは『神使として未熟な者がしたことだから、怒るな』って、忠助を庇ったね。忠助が来てから、あなたは忠助のことばかりだった。『忠助、可愛い奴め』って、一日中、忠助ばかり構って……。あなたが『可愛い』って言ってくれていたのは、私だけだったのに」

吉祥さんは、唇を尖らせて、拗ねた様子で毘沙門さんを責めた。

「私の気持ちに気付かずに、あなたは、代わりの贈り物を持ってくれれば、私が機嫌を直すと思っていた。違うのに。この天衣は私にとって、ただ一つの宝物」

ぽろぽろと涙をこぼし始めた吉祥さんを見て、毘沙門さんは、自分の浅はかな考えを反省したのか、がっしりとした体を丸めて、うな垂れた。

「そうか……そうだったのか。すまぬ、吉祥。代わりのものを渡せば、お前は喜んでくれると思っていた。お前が忠助に嫉妬していたことにも気付かなかった。儂は、ダメな夫だな……。吉祥、気持ちを伝えてくれて感謝する。もしお前が儂にすっかり呆れているのなら――」

私は、毘沙門さんがその先に何を言おうとしているのかを予想し、ドキリとした。

まさか毘沙門さん、離婚を言い出すつもりなんじゃ！

思わず「それはダメです！」と話に割り込もうとした時、

「――儂はお前に、今以上の愛情を注ごう。お前が許してくれるまで。儂にとってお前は大切な……とても大切な妻なのだ」

毘沙門さんは深く落ち着いた声音で、吉祥さんに語りかけた。吉祥さんに手を伸ばし、俯いて唇を噛んでいる妻の頬に触れると、涙の筋を拭った。吉祥さんの目から、再び涙がこぼれる。

「本当？　もっと大事にしてくれる？」

「ああ、誓おう。お前を愛している」

毘沙門さんの真剣な言葉に、私の心が震えた。吉祥さんへの深い愛情が伝わってくる。吉祥さんは表情を和らげ、泣き笑いを浮かべた。どうやら、夫婦のわだかまりは解けたようだ。

「吉祥天様。このたびは私めの至らぬ行動のせいで、ご心痛を与えてしまい、大変申し訳ございませんでした」

突然、子供の声が聞こえ、私はきょろきょろと周囲を見回した。

「えっ？　誰？」

八束さんと弁天さんが「あっ」と、小さく声を上げた。二人が毘沙門さんの着物の胸元を見つめていたので、そちらに視線を向けると、子トラの忠助が顔を出していた。

もしかして、今の忠助の声？

毘沙門さんの胸の中から、ぴょんと床の上に飛び降りた子トラの体が、幼い女の子の姿に変わり、私は目を丸くした。

この女の子、子トラの化身？　忠助って女の子だったんだ！

そういえば、ホヅミ君たちは、本体は霊狐だけれど、人の姿に変化することができた。

大国主さんは、子うさぎの神使を新しく迎えた時、「動物の本能が残っているから、神使としてはまだまだで、徐々に教育をしていくのだ」と言っていた。

忠助も、吉祥さんの天衣を噛んでしまった時は、動物の本能が残っていたのだろう。毘沙門さんに教育されて知恵を得て、喋ったり、人の姿に変化したりすることが、できるようになったのに違いない。

「お許しを乞おうとは思っておりません。吉祥天様がこれ以上、心を痛められないよう、忠助は毘沙門天様のもとから去りましょう」

忠助は、たどたどしく敬語で話すと、深々と吉祥さんへ頭を下げた。

忠助、どこかへ行ってしまうの？　毘沙門さんにあんなに可愛がられていたのに……。

神妙な顔をしている忠助を、じっと見ていた吉祥さんが、口を開いた。

「忠助。ようやく神使らしく、変化もできるようになり、知恵を付けたね。毘沙門の教育のおかげだね。自分がした行いを、反省できるまでになった」

「はい。毘沙門天様にお仕えし、様々なことを教わるうち、言葉も覚え、頭でしっかり考えて行動できるようになりました」

「忠助。今回のことで、お前が成長したのなら、もう良い。これからも、毘沙門天の神使として励みなさい」

吉祥さんが凛とした声音で命じる。

「はい、誓います。寛大な吉祥天様に、心から感謝いたします」

忠助は目に涙を溜めて、もう一度、深々と頭を下げた。

「吉祥……」

毘沙門さんが、忠助を許した吉祥さんに、あたたかなまなざしを向けている。

夫婦げんかは、これにて解決……かな。

私と八束さん、弁天さんは、お互いの顔を見合わせて、安堵の笑みを浮かべた。

❖

毘沙門さんと吉祥さんが仲直りをした翌日、二人が連れだって『七福堂』にやってきた。

「こんにちは」

「此度のことでは世話になった」

戸を開けて店に入ってきた夫婦を見て、商品の陳列を整えていた私は、弾んだ声を上げた。

「毘沙門さん！　吉祥さん！」

吉祥さんはワンピースにコートを重ねた姿で、首元には虹色に輝く天衣を巻いている。ストールのように洋服に似合っていて素敵だ。

「毘沙門。今日はどうした？　祇園に買い物か？」

棚の間のホコリをハンディモップで払っていた八束さんが、毘沙門さんに顔を向けた。

「吉祥が仲直りのでぇとをしたいと言うのでな」

でぇと……あっ、デートか！

吉祥さん、デートをおねだりするなんて、可愛いなぁ。

ほんわかとした気持ちで、吉祥さんに目を向ける。吉祥さんは、和風アクセサリーのコーナーを熱心に見ていた。

「ねえ、毘沙門。この髪飾り、とっても素敵」

八束さんと話している毘沙門さんを、吉祥さんが呼んだ。彼女が手にしているのは、蝶の飾りの付いたバレッタだ。

「それが欲しいのか？　では買ってやろう」

毘沙門さんが、甘えるように腕にくっついてきた吉祥さんを見下ろし、優しく微笑みかける。

「代金はいい。持っていけ。仲直りの記念だ」

八束さんが気前良く手を振った。私も「どうぞ」と頷く。

「そうか？　ではありがたくいただこう」

「恵比寿、真璃さん、ありがとう」

毘沙門さんは吉祥さんの手からバレッタを取り上げると、不器用だけれど、優しい手つきで妻の髪に着けた。吉祥さんの長く艶やかな黒髪に、よく似合っている。

「ではな」

「またね」

店の外で、二人を見送りながら、私は心から、夫婦仲がもとに戻ってよかったと思った。あの仲睦まじい様子が、本来の二人の姿なんだろうな。

「夫婦っていいなぁ……」

しみじみとそうつぶやいたら、隣にいた八束さんが私を見下ろした。何か言いたげな顔をしていたけれど、無言のまま、僅かに唇の端を上げただけだった。

どうして、そんなに寂（さび）しそうなの？

ぎゅっと胸が痛くなった。

「八束さん、どうし……」

「どうしたんですか」と問おうとした言葉を遮（さえぎ）るように、八束さんが、ぽんと、私の頭に手を置いた。

「お前は昔と変わっていないな。客の幸せを第一に考えて行動する。俺たちは商売をしているから、商品を売ることは大切だ。けれど、お前の『なんでもいいから売れれば良い』とは考えない誠実な姿勢が、俺は好ましい」

私の頭から手を離し、八束さんが微笑（ほほえ）んだ。ドキッとするような、甘く優しい笑顔を見た途端、過去の記憶が蘇（よみがえ）った。

嬪伽羅（ひんぎゃら）君が、昔、『七福堂』に買い物に来た時、私は彼にポストカードをすすめ、手紙を書くのを手伝った。嬪伽羅君が帰っていった後、八束さんが言ったのだ。

『お前は小さいのに、しっかりとした接客ができるんだな。どうすれば客が喜ぶのか、幸せになれるのか、相手の気持ちを考えて行動するお前の姿は、俺には好ましく映る』と――。

八束さんの言い回しはわかりにくくて、

『このましく、って、すきっていうこと？』

と、尋ねたら、八束さんは、

『まあ、簡単に言えば、そういうことだな』

と、頷いた。

褒められて嬉しくなり、えへへと笑っていたら、おばあちゃんが帰ってきた。おばあちゃんは、八束さんから嬪伽羅君の話を聞き、こう言ったんだ。

『真璃ちゃんが大人になった時、おばあちゃんの次に、このお店の店長さんになってくれたら嬉しいわ』

おばあちゃんに期待をかけられ、私は即座に答えた。

『真璃、おばあちゃんのお店、だいすき！　だから、おばあちゃんのお店のてんちょうさんになるっ！』

そして八束さんの着物の袖を引いて、お願いをした。

『その時は、おにいちゃんもおてつだいしてくれる？』

『俺は神だから、誰か一人を特別扱いできない』

『ええーっ、おにいちゃん、真璃のこと、すきなんでしょ？　それって、とくべつってことでしょ？　真璃も、おにいちゃんをとくべつにするね。だから、おにいちゃんのおよめさんになってあげる！』

胸を張ってそう言うと、八束さんは弱ったような顔で微笑(ほほえ)んだ。

『……仕方のない娘だな。お前が大人になってもその言葉を覚えていたら、考えよう』

ああ、そうだ。あの時も、優しいしぐさで、ぽんぽんと頭を叩かれたんだ。

子供の頃の自分が、大胆にも、「八束さんのお嫁さんになる」と宣言していたことを思い出し、私の顔が、ぼっと熱くなった。

「真璃、どうした？ 顔が赤いぞ。もしかして風邪気味か？ 昨夜は冷え込んでいたからな」

八束さんが額(ひたい)を触ろうとしたので、私は慌てて身を引いた。

「だ、大丈夫です。大丈夫……」

「そうなのか？」

「中に入りましょう！ 雪がちらついてきました」

私はそそくさと背中を向けると、暖簾(のれん)をくぐった。

八束さんは、きっと、あの時の約束を覚えている。

でも、私のことはどう思っているのかな……？

なんだか切ない気持ちになり、私は胸の前でぎゅっとこぶしを握った。

最終章　晴れやかなお正月

「あけましておめでとうございます」

「あけましておめでとう」

年が明けて、元旦を迎えた。

私と八束(やつか)さんは、居間で向かい合い、畳(たたみ)に手をついてお辞儀(じぎ)をした。

頭を上げて、お互いに顔を見る。

いつもと同じはずなのに、きちんと着物を着こなした八束さんの姿が格好良い。

いや、まあ、この人は最初から美形だけど……。一緒に住んで見慣れちゃったはずなのに、なんで今更、改めて格好良いなんて思うの。

毘沙門(びしゃもん)さんの一件で、八束さんとの過去の約束を思い出した私は、あれからことあるごとに彼を意識してしまい、戸惑いの日々を送っていた。

「真璃(まり)、今日は後で大黒(だいこく)のサロンに行くんだろう？」

「はい。着物の着付けをしてもらう約束なんです」

大黒さんのサロンは年始の休暇中なのだけれど、特別に着物を着せてくれることになっている。

「その後で、八坂神社に初詣に行きますね」

八束さんは八坂神社の北向蛭子社に帰って、参拝客のお願いごとを聞く仕事があるらしい。

「そういえば、普段はお社を留守にしていますよね。お願いごとを聞いていないんですか？」

神様不在のお社にお願いごとをしても無意味なんじゃ？

「離れていても、人の子の願いは聞こえている」

不思議に思って尋ねたら、神様らしい答えが返ってきた。

「とはいえ、元旦と、九日、十日ぐらいは、社で本腰入れて聞かないとな」

一月九日と十日は、北向蛭子社の神事があるのだそうだ。

「じゃあ、しっかりと朝ご飯を食べて、頑張ってきてくださいね」

私は立ち上がると、台所へ行き、二段重ねの重箱を取ってきた。

こたつの上に重箱を置いて、蓋を開ける。中に入っているのは、棒鱈や数の子、煮しめ、紅白なますに、伊達巻き……と、色とりどりのおせち料理。私と八束さんは、料理をするのが苦手ではないけれど、さすがに品数の多いおせち料理はハードルが高かったので、百貨店で購入したものだ。

「すぐにお雑煮も入れてきますね」

お雑煮は、京風の白味噌仕立てで作ってみた。

こたつに入って向かい合い、「いただきます」と手を合わせる。

「雑煮、うまいな」

「よかった！」

小皿の上に黒豆を載せながら、ほっと一安心する。八束さんがおいしそうに食べている姿を見ると嬉しくなる。

なんだか、いいな。こういうの。胸の中がぽかぽかとしてくるみたい。

おせちを食べ終えた後、八束さんは八坂神社へと出かけていった。

大黒さんと着付けの約束をしているのは、十三時だ。それまで時間がある。

私は、年末に投函し、一枚だけ残していた年賀ハガキを持って来ると、こたつの上に載せた。イラスト用のマーカーを用意し、「よしっ」と気合いを入れる。

ＰＯＰ職人の腕の見せ所だ。

鉛筆で下描きをしてから、せっせとイラストに色を塗る。

夢中で年賀状を描いていたら、出かける時間が迫っていた。慌てて着替え、自宅を出る。

着物一式は大黒さんのサロンで用意をしてくれるらしいので、手ぶらだ。

どんな着物を着せてくれるのかな。

私はうきうきした足取りで、大黒さんのサロンに向かった。

「真璃ちゃん、可愛い！　着物よく似合ってる。いや〜、俺の見立てはばっちりだった！　こんな可愛い子と初詣に行けるなんて、めちゃくちゃハッピーだよ」

八坂神社を目指して四条通を歩きながら、大黒さんは、私に向かって、もう何度目かわからない褒め言葉をかけた。

「ありがとうございます。でも、大黒さん、ちょっと褒めすぎです。着物が綺麗だから、助けられてるんですよ」

「違うよ。真璃ちゃんが美人だから、着物も映えるんだよ」

大黒さんのサロンで着付けてもらったのは花の柄が入った小紋だ。全体的に模様が入っているので華やかさがある。私のボブヘアは可愛くアレンジされ、メイクまで整えてもらった。

大黒さんに褒めちぎられるのは照れくさいけれど、綺麗な着物と、いつもとは違う髪型とメイクに、私の気分は上がっていた。

大晦日から元日に変わる時間帯、多くの初詣客で賑わっていた四条通は、十五時を回った今、人の流れは落ち着いている。

二人連れだって八坂神社の西楼門をくぐると、参道の両脇には、ずらりと屋台が並んでいた。焼きトウモロコシや牛串などの香ばしい匂いが漂っている。

「後で、焼きトウモロコシでも食べる？」

大黒さんの提案に首を振る。

「今、何か食べたら、夕方からの新年会で、あまり食べられなくなりますよ」

今日は、この後、弁天さんのバーで開かれる新年会に参加する予定になっている。七福神の皆が集まるのだと聞いていた。

屋台の間を歩いていくと、北向蛭子社があった。「祇園蛭子社」と書かれた赤いのぼりがたくさん立っていて一目瞭然だ。鳥居の手前には、下膨れ顔で顎の下にひげの生えた恵比寿の像が建っていた。

八束さんと全然似ていないなぁ。

立ち止まっていたら、鳥居をくぐろうとしていた大黒さんが足を止めて、振り返った。

「どうしたの、真璃ちゃん」

「この『祇園のえべっさん』の像、八束さんに似ても似つかないと思って見ていたんです」

「あはは、そうだね」

二人で笑っていたら、突然、

「おい」

と、声をかけられ、びっくりした。いつの間にか、目の前に八束さんが立っていた。

「あっ、八束さん！」

「初詣に来たんだな」

「はい。八束さん、お仕事お疲れ様です」

ねぎらいの言葉をかけると、八束さんはまじまじと私の姿を見た。

「どうかしましたか？」

首を傾げたら、ふいと視線を逸らされた。

「……………着物姿、可愛いぞ」

ぼそっと褒められ、一気に私の体温が上がる。

「あ、えと……ありがとうございます………」

もじもじしている私の横で、大黒さんが、にやにやと笑っている。

「大黒」

それに気が付いた八束さんが、大黒さんを、じろりと睨む。大黒さんは明るい声で、

「照れなくってもいいのにー」

と、言ったけれど、再び八束さんに鋭い視線を向けられて、肩をすくめた。

「恵比寿、仕事、もういいの？」

「そろそろ疲れてきたから、切り上げようと思っていた」

「そっか。じゃあ、皆でお参りしよう！」

三人連れだち、参道を抜けて本殿へ向かう。

横一列に並んで、二拝二拍手一拝と、作法に則りお祈りをした。

「私、おみくじ引きたいです！」

参拝が終わると、私は、授与所に二人を引っ張っていき、鯛の形のおみくじを引いた。

「やったぁ！　大吉だ！　元日から幸先がいいなぁ」

嬉しくなり、このおみくじは結ばずに、財布に入れて大切に持って帰ることにした。

お参りを終えると、良い頃合いになったので、三人で『ノクターン』へ向かった。

『七福堂』の横の路地を通り、ピアノの音が漏れ聞こえる町家に入る。

「いらっしゃい。真璃ちゃん」

「あけましておめでとう、真璃！」

「馬子にも衣装じゃな」

「真璃さん、お正月おめでとうですね」

「真璃殿、今年もよろしく頼む」

店の中には、弁天さん、布袋さん、寿老人さんに、福禄寿さん、毘沙門さんと、七福神の皆が揃っていた。それから、吉祥さんに、大国主さん、布袋さんの子供たちもいて、大賑わいだ。

「やあ、久しぶりだね、事代主！」

両手を広げて近づいてきた大国主さんを、八束さんは、さっとよけた。

「お正月から冷たいよ、事代主……」

泣き顔になった大国主さんだったけれど、大黒さんの顔を見ると、ころっと笑顔に変わった。

「やあ、大黒天！　友よ！」

「大国主、おひさ～！」

がっちりとハグをした二人は、とても仲が良さそうだ。

そういえば、大黒天と大国主神って、同じ神様だという考え方もあるんだっけ。

大黒天は、もとは、ヒンドゥー教の破壊の神・シヴァ神だといわれている。日本に渡ってきて、台所の守護神となった。大黒と大国の音が同じだということから、神道の大国主神と同一視されるようになり、豊穣の神としても崇められるようになったのだという。

今の大黒さんを見ていると、破壊の神だったなんて、信じられないけどね。

「おねえちゃん」

くいくいと袖を引かれて下を見ると、萌ちゃんが私を引っ張っていた。

「萌ちゃん！　元気だった？」

「うん、げんき。あそぼう？」

「いいよ」

私は萌ちゃんと手を繋いで、布袋さんの子供たちの輪の中へ入った。布袋さんの養子たちは、上は高校生、下は三歳までと、十八人もいる。

余裕で野球チームが作れそう。

布袋さんの子供たちとボードゲームをして遊んだり、神様たちと一緒にお酒を飲んだりして、新年会は大いに盛り上がった。

二十一時を回ると、子供たちが眠そうにし始めたので、先に布袋さんが帰っていき、その流れで新年会はお開きになった。路地で他の神々に手を振って別れ、八束さんと一緒に家に入る。

「ああ、楽しかった！」

ほろ酔いで、いい気分！

「そうだ。『はなびら餅』を買ってあるんですよ」

私は台所の戸棚の中にしまっていた『はなびら餅』を取り出した。『はなびら餅』は、お正月に食べる和菓子だ。半円状に折られた丸い白餅の中には、紅色の菱餅と白味噌餡、甘煮にしたごぼうが入っている。

今夜はコーヒーではなく緑茶を煎れよう。

お茶の用意を整え、こたつへ運ぶ。

先にくつろいでいた八束さんの前に、『はなびら餅』と湯飲みを置き、自分の分も並べてから、腰を下ろした。

「白餅にピンク色が透けて見えて、綺麗な菓子だな」

八束さんが『はなびら餅』を口に入れた。

「ごぼうがシャクシャクしていて、うまいな」

「ふふっ、よかったです」

二人で、甘いものを食べてお茶を飲むこの時間が、この上なく幸せに感じる。

「あっ、そうだ。八束さんに渡したいものがあったんですよ。ちょっと取ってきます」

立ち上がって階段に向かったら、八束さんもついてきた。

「どうしたんですか？」

「俺もお前に渡したいものがある」

二人で二階へ上がり、それぞれの部屋に入ってから、ほぼ同時に外に出てきた。板間（いたま）で向かい合う。

「これを渡しておく」

八束さんが手にしていたのは、一枚の和紙。

「なんですか、これ？」

首を傾げながら受け取り目を落としたら、和紙には宝船の絵が描かれ「なかきよの　とをのねふりの　みなめさめ　なみのりふねの　おとのよきかな」と歌が添えられていた。

「いい初夢が見られるおまじないだ。これを枕の下に敷いて寝ろ」

意味がわからず、和紙を見つめていた私に、八束さんがそう教えてくれる。

「へえ～。そんな効果があるんですか」

七福神から宝船の絵をもらうなんて、縁起がいい。

「ありがとうございます」

「で、お前が俺に渡したいものとはなんだ？」

「これです」

私は、八束さんの前に年賀状を差し出した。

「一緒に住んでいるのに年賀状を渡すのも、おかしな話ですけど」

照れ隠しに笑う私の手から、八束さんが年賀状を受け取る。裏面を見て、目を丸くした。

「これ、七福神か？」

「そうです」

「相変わらず、お前は絵がうまいな」

私が今朝、一生懸命、年賀状に描いていたのは、七福神のイラストだった。といっても、いわゆる一般的な七福神ではなく、私の知人である七福神の姿をミニキャラ風に描いたものだ。イラストには「いつもありがとうございます。今年もよろしくお願いします」とメッセージを添えた。

「ありがとう。こちらこそ、今年もよろしく」

年賀状を見つめていた八束さんが顔を上げ、眩しいような笑みを浮かべた。その瞬間、古典的漫画風な表現をすると、「ズキュン」と心臓を打ち抜かれたような気がした。

――自覚してしまった。

私、八束さんのことが好きだ。

「お、お風呂に入ろうと思うので、着替え取ってきます……！」

途端に恥ずかしくなり、私は、慌てて自室へ飛び込んだ。

襖(ふすま)を背に、へたりとその場に座り込み、膝(ひざ)を抱えて額(ひたい)を押しつける。

『おにいちゃんのおよめさんになってあげる！』

かつての自分の言葉が脳裏(のうり)をよぎる。

昔の自分は大胆でまっすぐで、簡単にそんな言葉を口にできたのに。

「あぁ、もうどうしたらいいのよぅ～……」

ふと、手にしていた宝船の絵に目を向けると、「なかきよの　とをのねふりの　みなめさめなみのりふねの　おとのよきかな」が後ろから読んでも同じ歌になることに気が付いた。

これ、回文(かいぶん)だったんだ。

今夜は一体、どんな初夢が見られるのだろう。

❖

その夜、私は夢を見た。

私は大きな宝船の上にいて、富士山(ふじさん)を眺めていた。

富士山の頂上には雪が積もっている。

雄大な景色に見とれていると、海上を二羽の鷹(たか)が飛んでいった。その鷹(たか)は驚くほど大きくて、背中に誰かが乗っている。目を凝らしてみると、狩衣のような衣装を着た大黒さんと、はだけた着物姿の布袋さんだった。

「大黒さん、布袋さん、どうしてそんなところにいるんですか？」

大声で問いかけたら、声が聞こえてきた。

「お正月だからだよ。真璃ちゃん、あけましておめでとー！」

「おめでとう、真璃！」

ふと背後に気配を感じて振り返ると、

「真璃ちゃん、食べる？」

天女のような格好をした弁天さんがいて、私に皿を差し出していた。

「えっ？　何をですか？」

「焼き茄子。ポン酢で食べるのがおすすめよ」

弁天さんの持つ皿の上には、おいしそうに焼けた茄子が三本載っている。

「熱そうですね」

「ふーふーしたら大丈夫であろう」

いつの間にか鎧姿の毘沙門さんがそばにいて、弁天さんの皿から茄子を一本小皿に取り分けると、上からポン酢をかけた。

「さあ、どうぞ。真璃殿」

差し出された小皿と箸を受け取り、ふーふー吹いて冷ましてから茄子に齧り付く。焼き色の付いた茄子は柔らかく、弁天さんの言うとおり、ポン酢がいいあんばいでおいしかった。

茄子に夢中になっていると、今度は、頭巾をかぶり、鹿を従えた寿老人さんと、着物を着て、肩に亀、傍らに鶴を連れた福禄寿さんがやってきた。

「真璃さん」

「食後に桃はどうじゃな？」

寿老人さんが、熟れた桃を持っている。

「わあ！　いい匂い」

鼻をすんすんと動かすと、寿老人さんが桃を丸ごと手渡した。

私は皿を毘沙門さんに返し、桃の皮を少し剥いて齧り付いた。口の中に果汁が広がる。甘くて、うっとりするような味だ。

「真璃殿が無病息災であるように」

「長生きをするように」

寿老人さんと福禄寿さんはそう言うと、好々爺の笑みを浮かべた。

あれ？　そういえば、八束さんはどこにいるんだろう？

他の七福神が現れたのに、八束さんだけいないと思って周囲を見回すと、宝船の舵を取っている姿を見つけた。

いた！

無性に嬉しくなって、まっすぐに駆け寄る。

「八束さん！」

迷わず抱きつくと、八束さんも私を抱き返してくれた。胸に頬を寄せたら、腕の力が強くなった。

すぐそばで、心臓の音が聞こえる。

彼と心と心が繋がったような気がして、私は口を開いた。

「八束さん。私、八束さんのことが――」

そこで、目が覚めた。

❖

三が日が過ぎ、『七福堂』の年始休みが終わった。今日から、いつも通りの日常が始まる。

初売りなので、気合いを入れて着物を着てみた。元日に大黒さんに着付けてもらった着物を借りたのだ。ネットで動画を調べ、見よう見まねで頑張ってみたものの、うまく着られず、帯に手間取っていたら、八束さんが手伝ってくれた。

特別に福袋も準備したら、開店と同時にお客様が入ってきて、あっという間に完売してしまった。

「値段を安めに設定したのがよかったのかもしれないですね」

「結構たくさん商品を入れていたよな」

「お正月ですから、素敵な買い物をして、楽しい気持ちになってもらいたいじゃないですか」

八束さんと、福袋が売り切れて空いた場所に他の商品を並べていると、戸が開いて、着物姿の女性客が入ってきた。可愛らしい女子大生といった雰囲気だ。

「こんにちは。櫛を買いに来たの。年が明けたから、新調しようと思って」

「櫛稲田姫命」

「あら、恵比寿。そういえば、あなた、ここで働いているんだったわね」

櫛稲田姫命といえば、八坂神社の御祭神で、同じく御祭神の素戔嗚尊の奥さんだ。

素戔嗚尊のヤマタノオロチ退治の神話に出てくる女性で、ヤマタノオロチの犠牲になるところだった彼女を、素戔嗚尊が助けたのだ。

「櫛ですね。櫛でしたらこちらに……」

櫛稲田姫さんを接客しようとしたら、いきなり店の中がピカッと光った。

眩しいっ！

思わず目をつぶり、まぶたの裏のチカチカが収まってから開けると、なんと、イノシシに乗った女性が店内にいた。美魔女といった雰囲気で、気の強そうな顔をしている。

「摩利支天、イノシシに乗ってくるな。迷惑だ」

八束さんが呆れたように注意をした相手は、摩利支天という仏教の守護神だった。元々は、太陽や月の光線を表す、マリーチが原名らしい。陽炎の神格化であり、誰にも傷付けられないということから、武士に人気があったそうだ。イノシシは、摩利支天のお使いだ。

それにしても、イノシシ、でかっ！

怯んでいたら、摩利支天さんは「それはすまぬ」と言って、イノシシから下りた。すると、イノシシの姿がしゅるしゅると縮み、手のひらサイズになった。摩利支天さんが、イノシシをすくい上げ、ひょいと肩に載せる。

肩のりイノシシかぁ。ちょっと可愛い。

「日傘を買いに来たのじゃ。モダンなのがいいのぅ」

「日傘ですか？　まだ冬でシーズンではないので置いていなくて……。カタログを見て、発注できるようでしたら取り寄せをします。八束さん、摩利支天さんにカタログを見せてあげてくれませんか？」

櫛稲田姫さんの接客中だったので、摩利支天さんの対応は八束さんに任せる。

するとと、今度は電話がかかってきた。

「はいはいっ」

飛びつくように受話器を取り上げたら、

「『七福堂』か？」

低く丸みのある声が聞こえてきた。宇迦之御魂大神さんだ。

「おいなりさんを注文したい。お正月なので、特別に、神使たちにも食べさせてやろうと思ってな。百個ほど頼む」

「ひゃ、百個？」

思わず声が裏返った。

ホヅミ君と霊狐たちが取りに来るというので、日にちの打ち合わせをしていると、またしてもお客様が入ってきた。

「なんじゃ、えらく忙しそうじゃな」

寿老人さんだ。

「寿老人さん、いらっしゃいませ！　すみません、お菓子は用意してあるんですけど、ちょっと待っていてください。後で取ってきますので」

「承知した」

寿老人さんは、杖をコツコツと鳴らしてテーブルまで行くと、椅子に腰を下ろし、あたふたしている私を、面白そうに眺めた。

しばらくして、櫛稲田姫さん、摩利支天さんが買い物を終え、寿老人さんもめずらしく「忙しそうだから長居はすまい」と言って早めに帰っていった後、私はようやく、ほっと一息ついた。

「年明け初日から神様が千客万来ですね……」

「『七福堂』の新しい店主はやり手だと、神たちの間で噂になっているからな」

「そうなんですか？」

「『七福堂に行けば、必ず欲しいものが手に入る』だとか『困りごとが解決する』などと言われているようだ。この先も、様々な神たちが訪ねてくるんじゃないか？」

驚きの事実を知って目を丸くしている私に、八束さんが悪戯っぽいまなざしを向けた。

「商売繁盛、頑張ります。『神様の御用達』の見習い店主から、正式な店主に昇格したって、思ってもいいですか？」

ガッツポーズを取った後、私は「あのぅ、それでですね……」と、八束さんを上目遣いで見つめた。

「これからも……手伝ってくれますか？」

八束さんと一緒に『七福堂』を守っていきたい。

私の想いが通じたのか、八束さんは表情を和らげ、頷いた。

「もちろん。昔、約束をしたからな。――お前は、覚えていないかもしれないが」

「お、覚えてますっ」

思わず前のめりに答えたら、八束さんが驚いたように息を呑んだ。

「私、子供の頃、八束さんにお願いをしましたよね。私が『七福堂』を継いだら、八束さんにも手伝ってほしいって。そ、それで、その後に……」

そこから先の言葉を言い淀んで、口を開けたり閉めたりしていると、八束さんは、優しく目を細めて微笑んだ。

「なんだ、思い出したのか」

こくんと頷く。頬が熱い。私、今、きっと真っ赤だ。

八束さんの腕が伸びる。変な期待をして身構えたら、ピンと額を弾かれた。

「その先の約束も守ろうか？　お前がまだその気なら」

あ、ダメだ。顔から火が出そう。

「お前の前世はタコか？」

「～～～っ！　八東さん、失礼！」

バシンと腕を叩いたら、八束さんが声を上げて笑った。

「ちーっす！　買い物に来たよー！」

「邪魔をする」

「こんにちは。真璃さん。初買いに来たの」

八束さんとのいい雰囲気を破るように、大黒さんと毘沙門さん、吉祥さんが店に入ってきた。私は慌てて振り返り、明るい声でお客様を迎えた。

「いらっしゃいませ。ようこそ、『七福堂』へ！」

●参考文献

三橋健、白山芳太郎 編・著『新装ワイド版 日本神さま事典』(大法輪閣)
三橋健 編・著『日本の神々 神徳・由来事典 ―神話と信仰にみる神祇・垂迹の姿―』(学習研究社)
井上順孝 監修『神社と神々 知れば知るほど』(実業之日本社)
大江吉秀 著、田中ひろみ 絵『日本のほとけさまに甘える ―たよれる身近な17仏―』(東邦出版)
茂木貞純 監修『神社のどうぶつ図鑑』(二見書房)
今井淨圓 監修『お寺のどうぶつ図鑑』(二見書房)
いなり王子 監修『口福を呼ぶ 俺の！いなり寿司』(徳間書店)
小宮理実 著『福を呼ぶ 京都 食と暮らし暦』(青幻舎)
飯田知史 著『和のごはんもん～京の老舗の家の味』(里文出版)
福田清人 編・著、金子京子 絵『百人一首物語』(偕成社)

●付記

今回の執筆にあたり、ご協力をいただきました末川様、市村様、作中への商品掲載をご快諾いただきました各社様に、深く感謝を申し上げます。

著 ろいず

あやかし祓い屋の旦那様に嫁入りします

アルファポリス
第4回
キャラ文芸大賞
優秀賞
受賞作

お家のために結婚した不器用な二人の あやかし政略婚姻譚

一族の立て直しのためにと、本人の意思に関係なく嫁ぐことを決められていたミカサ。16歳になった彼女は、布で顔を隠した素顔も素性も分からない不思議な青年、祓い屋〈縁〉の八代目コゲツに嫁入りする。恋愛経験皆無なミカサと、家事一切をこなしてくれる旦那様との二人暮らしが始まった。珍しくコゲツが家を空けたとある夜、ミカサは人間とは思えない不審な何者かの訪問を受ける。それは応えてはいけない相手のようで……16歳×27歳の年の差夫婦のどたばた(?)婚姻譚、開幕!

定価:726円(10%税込み)　ISBN 978-4-434-30476-7

イラスト:くにみつ

あやかし狐の身代わり花嫁

著 シアノ

アルファポリス
第4回キャラ文芸大賞
あやかし賞
受賞作！

かりそめ夫婦の
穏やかならざる新婚生活

親を亡くしたばかりの小春（こはる）は、ある日、迷い込んだ黒松の林で美しい狐の嫁入りを目撃する。ところが、人間の小春を見咎めた花嫁が怒りだし、突如破談になってしまった。慌てて逃げ帰った小春だけれど、そこには厄介な親戚と――狐の花婿がいて？　尾崎玄湖（おざきくろこ）と名乗った男は、借金を盾に身売りを迫る親戚から助ける代わりに、三ヶ月だけ小春に玄湖の妻のフリをするよう提案してくるが……!?　妖だらけの不思議な屋敷で、かりそめ夫婦が紡ぎ合う優しくて切ない想いの行方とは――

定価：726円（10%税込み）　ISBN 978-4-434-30217-6

イラスト：ごもさわ

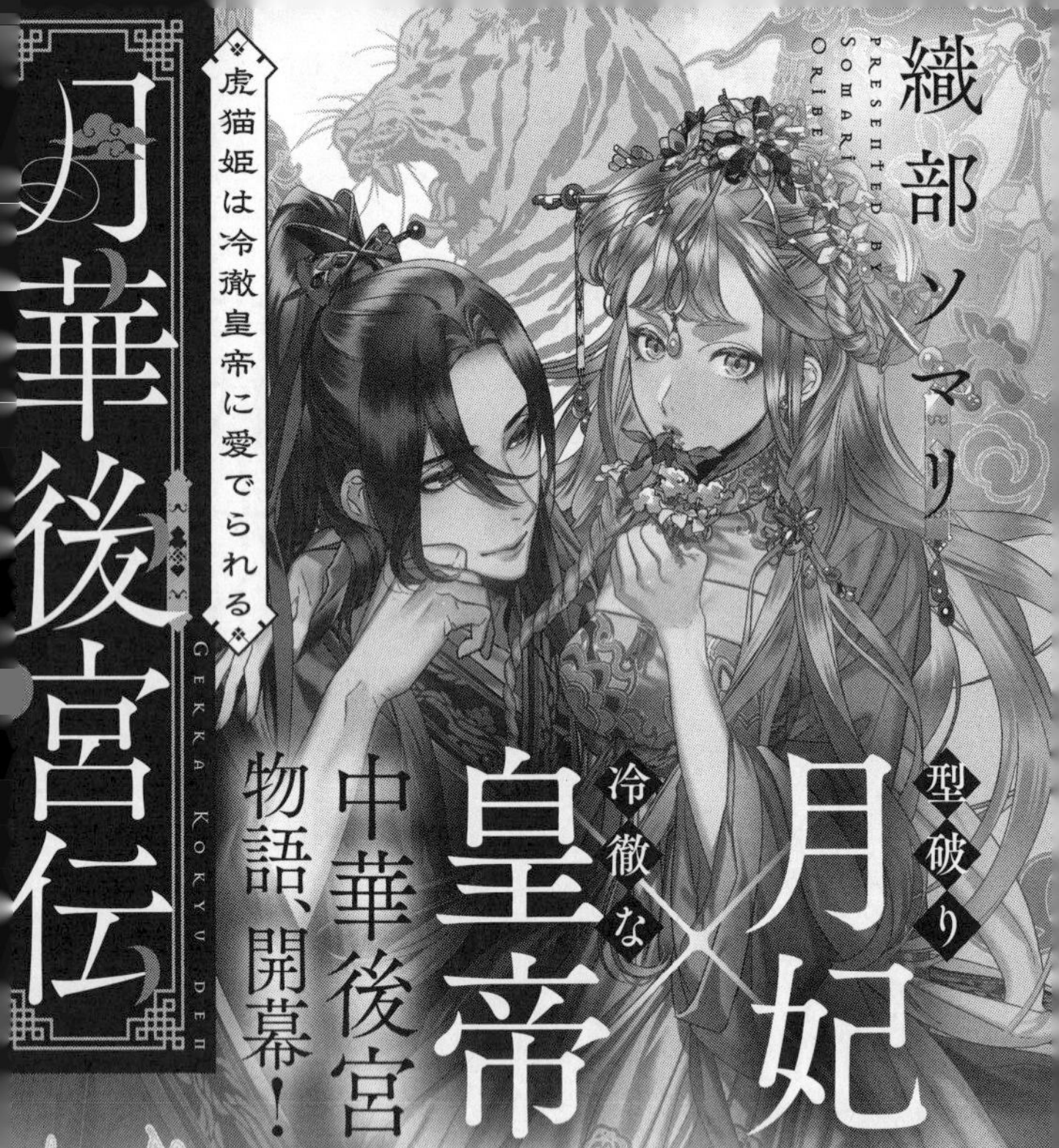

煌びやかな女の園『月華後宮』。国のはずれにある雲蛍州で薬草姫として人々に慕われている少女・虞凛花は、神託により、妃の一人として月華後宮に入ることに。父帝を廃した冷徹な皇帝・紫曄に嫁ぐ凛花を憐れむ声が聞こえる中、彼女は己の後宮入りの目的を思い胸を弾ませていた。凛花の目的は、皇帝の寵愛を得ることではなく、自らの最大の秘密である虎化の謎を解き明かすこと。
後宮入り早々、その秘密を紫曄に知られてしまい焦る凛花だったが、紫曄は意外なことを言いだして……？
あらゆる秘密が交錯する中華後宮物語、ここに開幕！

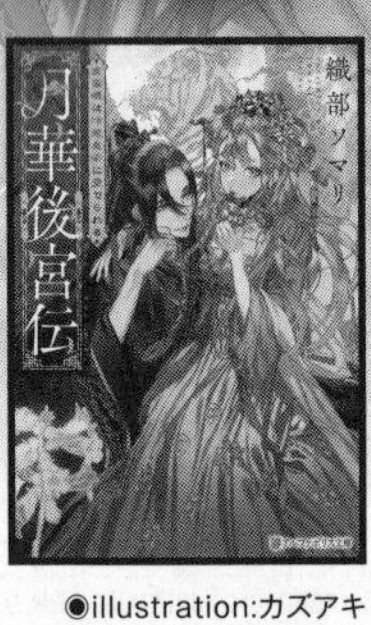

◎定価：726円（10%税込み）　◎ISBN978-4-434-30071-4

●illustration:カズアキ

この作品に対する皆様のご意見・ご感想をお待ちしております。
おハガキ・お手紙は以下の宛先にお送りください。

【宛先】
〒150-6008 東京都渋谷区恵比寿 4-20-3 恵比寿ｶﾞｰﾃﾞﾝﾌﾟﾚｲｽﾀﾜｰ 8F
（株）アルファポリス　書籍感想係

メールフォームでのご意見・ご感想は右のＱＲコードから、
あるいは以下のワードで検索をかけてください。

ご感想はこちらから

アルファポリス文庫

祇園七福堂の見習い店主(ぎおんしちふくどうのみならいてんしゅ)
神様の御用達はじめました(かみさまのごようたしはじめました)

卯月みか（うづき みか）

2022年 7月 5日初版発行

編　集ー宮田可南子
編集長ー太田鉄平
発行者ー梶本雄介
発行所ー株式会社アルファポリス
〒150-6008 東京都渋谷区恵比寿4-20-3 恵比寿ｶﾞｰﾃﾞﾝﾌﾟﾚｲｽﾀﾜｰ8F
TEL 03-6277-1601（営業）　03-6277-1602（編集）
URL https://www.alphapolis.co.jp/
発売元ー株式会社星雲社（共同出版社・流通責任出版社）
〒112-0005 東京都文京区水道1-3-30
TEL 03-3868-3275
装丁イラストー睦月ムンク
装丁デザインーAFTERGLOW
印刷ー中央精版印刷株式会社

価格はカバーに表示されてあります。
落丁乱丁の場合はアルファポリスまでご連絡ください。
送料は小社負担でお取り替えします。

ISBN978-4-434-30325-8 C0193